तिरोहित

तिरोहित

गीतांजलि श्री

राजकमल प्रकाशन

ISBN : 978-81-267-0193-3

मूल्य : ₹495

पहला संस्करण : 2001
तीसरा संस्करण : 2022

प्रकाशक : राजकमल प्रकाशन प्रा.लि.
1-बी, नेताजी सुभाष मार्ग, दरियागंज
नई दिल्ली-110 002

शाखाएँ : अशोक राजपथ, साइंस कॉलेज के सामने, पटना-800 006
पहली मंजिल, दरबारी बिल्डिंग, महात्मा गांधी मार्ग, प्रयागराज-211 001
36 ए, शेक्सपियर सरणी, कोलकाता-700 017

वेबसाइट : www.rajkamalprakashan.com
ई-मेल : info@rajkamalprakashan.com

मुद्रक : बी.के. ऑफसेट
नवीन शाहदरा, दिल्ली-110 032

TIROHIT
Novel by Geetanjali Shree

सारा के लिए

I

दीवारों के कान ज़रूर होते हैं पर अफ़सोस, इस छत के नीचे रहनेवालों को अफ़सोस था कि उनकी ज़ुबान नहीं होती, नहीं तो इन घरों की दीवारें कितनी कहानियाँ सुना सकती थीं, मोहल्ले के अन्दर के पोशीदा पलों की। कहानियाँ सुनाने को इंसान रह गए जिनकी, दीवारों के विपरीत, ज़ुबान तो बहुत थी पर कान ज़रा कम। और आँख और भी कम। जो कमियाँ मगर, ज़ुबान के रहते आड़े नहीं आतीं—कहानियाँ कही भी जाने लगती हैं, गढ़ी भी जाने लगती हैं, सच होती भी जाने लगती हैं ! छत पर पेंग बढ़ाती हवा में गूँजने लगती हैं, रोशनदानों में मकड़ी के बुने सतरंगी जालों के पार दिखाई भी दे जाती हैं।

इसी छत की बात है—कि मोहल्ले के बच्चे एक दूसरे की नकल-नकलाई में पड़ और बालिगों की कही-सुनाई पे उछल, इक्कड़-दुक्कड़ खेलते-खेलते नाहक बीच में टाइम्स चिल्ला देते और दौड़ जाते इस घर के रोशनदान से नीचे झाँकने और नर्वस-सी खिलखिलाई शुरू करने। मैं खुद उनके साथ दौड़ जाता और कमरे में झाँकने लगता और मुझसे बड़े बच्चे पकड़ते मेरी निकर और धमकाते—

बोल देखा न जो हमने देखा,
ढन ढन ढन ढन होते देखा !

तो मैं कसके निकर को ऊपर खींचे रखता और उन्हें खुश करने को चिल्लाता—

देखा मैंने ढन ढन देखा।

ढन ढन पर सिर मज़े से डुलाता जिस पर सबके साथ मैं भी हँस देता और वापस गुट्टी फेंककर एक पैर पर कूदने लगता।

बड़े लेकिन, झाँकने के बाद, इक्कड़-दुक्कड़ नहीं खेलते। रोशनदान का एन्शेन्ट धूमिल-धूसरित चटका शीशा वह जादू के चश्मे का शीशा था जिसके

पार से आकर कहानियाँ हिंडोला बन जातीं और इस छत पर ढेरों पूरे वयस्क लोग बस झूलते जाते, मचल-मचल जाते, मोहल्ले भर की हवा में ऊँची-ऊँची पेंगों की फूँक भर देते।

देख लिया न, वह पूछते। बच्चों ने भी तो यही देखा, बच्चे तो झूठ नहीं बोलते, बच्चे तो मन के सच्चे, हैं न, नहीं, वह अपने विश्वास की दीवार बनाते। रोशनदान से नीचे झाँका तो यही न देखा कि चाचा और ललना बड़े कमरे में सोते हैं और चच्चो बेचारी अकेली पौर के पास के कमरे में ?

क्या ऐसा हो सकता है, मैंने सोचा, पौर के पास के दोनों कमरों को याद करके, जो दोनों रोशनदान से दीखते ही नहीं थे। एक तो लाइब्रेरी थी और दूसरा कबाड़खाना जहाँ दुनिया भर का टूटा, पुराना सामान, रद्दी में बिकने या नौकरों को देने-दिवाने तक जमा रहता। हिसाब की पुरानी डायरी, स्कूल की भरी कॉपियाँ, टूटी आरामकुर्सी, जिसके नीचे अख़बार बिछाकर चाचा की बीमारी के शुरू के दिनों में उनके पलँग के पास कमोड ईजाद हुआ, डब्बे, बोतलें, टीन के कनस्तर, बेकार कलम, पुराना फ्रिज जिसमें टाट की बोरियाँ ठुँसी थीं, पिंजरा, चूहेदानी, कटा फटा होल्डौल, और वह पीतल की पिचकारी जो होली पर नई-नई आई थी पर जितनी देखने में आलीशान थी उतनी ही रंग डालने में पिच्चकारी—पिच्च से एक महीन धार मारनेवाली—और जल्दी ही इसलिए कमरे में इक कोने में पड़कर होली की रौनक से अलग-थलग कर दी गई, और सुतली और खुर्पी और कानी पतीली और चूता बयाम। आँख-मिचौली के दौरान मोहल्ले भर के बच्चों का जी होता उस कमरे में छिप जाएँ पर उस घर में पकड़े जाना ललना की डाँट और माँ-बाप की गाहे-बगाहे चपत खाना था।

मैं उदास हो गया। न जाने कबाड़ याद करके ? या लाइब्रेरी में भरी किताबें ?

"तो लाइब्रेरी थी ?" मेरी एक प्रेमिका ने बरसों बाद पूछा था शक़ निगाहों से छलक-छलक छलकाती।

"हाँ।"

"तो गई कहाँ वह लाइब्रेरी ? उड़ गई ?"

"हाँ उड़ गई।"

"वाह, पर लगे थे ?"

"हाँ पर लगे थे।"

"रातोंरात फुर्र ?"

मैं चुप हो गया। रातोंरात नहीं पर साल-दर-साल, धीरे-धीरे, चोरी-चोरी से। एक बार कोई कबाड़ी के पास से लाया—"लीजिए"—तीन किताबें, चाचा का नाम जिनमें था—"लीजिए, अपनी समझिए !"

"तो," प्रेमिका ने सबूताना अन्दाज़ में कन्धे झटकाए, "लाइब्रेरी-वाइब्रेरी नहीं थी, वह कमरा था जहाँ चच्चो बेचारी अकेली सोती थी।"

मैं गुमसुम था।

"और ललना और चाचा साथ उधर।"

"अच्छा," मैं शून्य स्वर में बोला।

"बच्चों तक ने रोशनदान से देखा," प्रेमिका ने झिड़का।

"मैंने भी," मैंने उसे बताया।

"तो कौन किसके संग सोता था ?"

"चाचा..."

"...?"

"मेरे साथ।"

"उड़न-छू लाइब्रेरी में ?"

"नहीं, टट्टर के उधर बैठक में।"

"और बड़े कमरे में ?"

"चच्चो। ललना के साथ।"

ललना।

जो उसका नाम नहीं।

उसका नाम किसी को नहीं पता।

कभी—लोगों के रहस्य-भरे स्वरों से कुछ भान—मैंने पूछा, तो ललना जो मच्छरदानी के डंडे पर गीला पोंछा लपेटकर ऊपर चढ़ी पंखा साफ़ कर रही थी, इतने ज़ोर से हिली कि लगा वह गिरेगी और साथ मुझे और चच्चो को भी ले जाएगी और उस स्टूल को भी जिसे मेज़ पर चढ़ाकर हम दोनों कस के पकड़े थे और जिस पर खड़ी होकर ललना छत तक पहुँच गई थी। "कौन कह रहा था कौन कह रहा था वही परेशवा होगा मना किया है न उसके संग मत घुसा रहा कर बहनजी आप तो कुछ कहती नहीं चौपट हो जाएगा लड़का हिलाओ नहीं" और बिगड़ी बात बनाने उसने डंडा पंखे पर न करके फ़र्श पर मारा कि गाड़ना हो हवा में घुमा के यों, कि पंखे की धूल नहीं, मेरी जिज्ञासा मेरे चेहरे से पोंछनी हो।

पर ललना उसका नाम नहीं।

क्या था किसी को नहीं पता। बस कहते कि आई थी रोती-बिसूरती कभी प्रेमानन्दजी के घर। तब मोहल्ला उसे लल्लन की बहू के नाम से जानने लगा।

पर वह लल्लन की बहू नहीं थी। या जो आम समझा जाता है बहू के माने, उस माने से बहू नहीं थी। वह लल्लन की बहू नहीं, बीवी थी।

"ऐसा तो हो ही नहीं सकता कि कोई नहीं जानता लल्लन कौन था ?" वही प्रेमिका, उन्हीं बरसों बाद के दिनों में, छत पर टंकी के पीछे आकर पूछने लगी। "यहाँ कोई न हो तो लोग पैदा कर लेते हैं, तुम कह रहे हो एक पूरा सलामत इंसान ग़ायब ?"

छत की टंकी के पीछे मगर, शब्दों की गूँज दूसरी होती है। शब्द वही

रहते हैं, मतलब बदलने लगते हैं। कोई नहीं जानता...हम तुम यहाँ...ग़ायब ग़ायब...सबकी नज़रों से...ओ हो...अय हय...!

"सलामत कहाँ ?" मैंने दूसरी तरह की उतावली में प्रेमिका की गर्दन पर चढ़ाई-उतराई की।

"पागल था ?"

"हाँ हाँ, पागल !" मैं हाँफा।

पर ये मुझे मालूम नहीं था। चच्चो ने कहा था कि ललना ने बताया।

पर चच्चो ने यह भी कहा था कि ललना ने ये भी बताया कि लल्लन मर गया और लल्लन का बाप उसे धन्धे में बिठाना चाहता था इसलिए वह भाग आई।

"भागकर कहाँ आई," प्रेमिका बोली। "मैंने तो सुना है उसका ससुर उसे यहाँ लाया। खूब रोती-बिसूरती थी और ससुर के पाँव पकड़-पकड़ के कहती, ऐसा न करो बप्पा, छोड़ के मत ही जाइयो बप्पा, मर जाएगी तेरी बहुरिया बप्पा। कि रोने में उसकी नाक बहने लगी तो ससुर की ही धोती से वहीं उनके पैरों के पास वह नाक सुड़कती गई। हट-हट, ससुर अपने पाँव उसके हाथ से नहीं, अपनी धोती उसकी नाक से बचा रहे थे।"

अरे कहाँ की ले बैठी, मेरा मन टंकी के पीछे कुनमुनाया। ललना, चच्चो, चाचा ! करो मैं और तुम, अरे ! ये मौसम आशिकाना ! हम और तुम और ये समाँ ! रंगीं-रंगीं सी तनहाई ! इधर मैं जवाँ उधर तुम हँसीं !—ऐसे भाव मेरी हरकतों में।

"क्या मालूम," प्रेमिका की आँखें कल्पना के भ्रमण से उनींदी हो चलीं, "वह ससुर नहीं लल्लन ही था जो उसे छोड़ने आया कि इससे छुटकारा पा अपनी नई नवेली, दूसरी दुलहिन, के पास उड़ पहुँचे ?"

"हाँ...उसने...यह भी...ब...ताया...था।" मैंने अटक-अटक कर हामी भरी।

"कि लल्लन ही था जो यहाँ आया ?" प्रेमिका की आँखें कोटरों के बाहर लपकीं।

"नहीं, कि ललना उसकी दूसरी बीवी से तंग आकर भाग आई। ऐ बस।" मैंने तब कस के डाँटा।

कौन जाने वह कहाँ से आई ? सार यह कि आया था कोई कभी छोड़ने एक मिरगिल्ली रुअन्ती को, जिसके पैरों पर गिर वह नाक छिनकती रही, पर

अन्ततः लोगों ने कहा कि ललना भागकर आ गई।

भागकर, लल्लन से, जो कौन था कोई नहीं जानता, कहाँ का था, यह भी नहीं, था भी या नहीं किसी को दिलचस्पी नहीं, मानो सारी दिलचस्पी ललना ने चुम्बक लगाकर अपनी तरफ खींच ली हो।

लल्लन की बहू जिसे चाचा लल्लन की कहते और चच्चो ललना।

और मैं रंजिश से भर उठता हूँ कि जब हर तरफ चच्चो छाई हुई है तो यह क्यों आन धमकी है फिर से बीचोबीच ? चच्चो का कोई चिह्न हो जैसे। उसकी हर याद पर हावी।

कुछ भी अन्देशा नहीं था मुझे जब मैं घंटी सुनकर उठा !

बैठा था। चौंका भी नहीं। घंटी के स्वर पर एक नज़र टेलीफ़ोन पर डाली और उठकर सामने की तरफ जाने लगा।

दरवाज़ा खोला। नीचे पतंगों के परों का ढेर था जो हल्के से उड़ा और फिर वहीं जमा हो गया।

मैं खड़ा रहा, कुछ ऐसी प्रतीति में कि एक यही तो मैं करता रहा हूँ कब से—दरवाज़ा खोला और ललना को सामने पाया। वह एक क्रिया, मात्र कुछ सेकेंड की, लकड़ी के दो पाटों को अलग-अलग तरफ सहज ढकेलना, मेरे जीवन में स्लो मोशन की निरन्तरता लिए जैसे होती ही रहती है। होती ही रहती है। स्लो मोशन में दरवाज़ा खोलता ही रहता हूँ। ललना उधर खड़ी मिलती ही रहती है।

मैं नीचे देखने लगा। ललना अन्दर आ गई। फिर मैं चुपचाप उसके पीछे घर में घुसता गया।

खाने की मेज़ पर घुचड़-मुचड़ पगड़िआई-सी चद्दर को देखकर ललना ठिठक गई।

जम गया होगा, मैं बुदबुदाया था। पगड़ी खोली तो अन्दर कूँड़ी निकली। ग़ौर किया कि रात जब दूध रखा था तब हल्का था, अब जब दही उठा रहा हूँ तो भारी हो चुका है।

ग़ौर नहीं किया कि अब मेरे दही जमाने के दिन गए।

किया होता तो शायद चच्चो की खिड़की पर चच्चो की कुर्सी खींचकर ललना को बैठने को न देता। ललना उसमें लुढ़क गयी और मैं खिड़की के बाहर नज़र किये खड़ा हो गया। चुप।

जो ज़रा भी चुप नहीं था। धमकी-सा था कि आँधी बनकर भरता जाएगा

और बाहर को फूट पड़ेगा।

अरे डेढ़ बज रहे हैं मैंने घड़ी देखी अभी तक जगी हो मैंने ललना को बताया मैं चच्चो से बोला।

चच्चो चुप रही बस आँखें घुमा के एक बार देखा मुझे मैंने बताया।

बहुत देर हो गयी अब सो जाओ मैंने बताया मैं बोला।

हाँ देर हो गयी अब सो जाऊँगी मैंने सपाट सुर में कहा चच्चो ने कहा तो ललना फूट-फूट कर रोने लगी कि जैसे चच्चो यह बता रही थी कि बस अब चिरनिद्रा में सो जाऊँगी।

मैं बत्ती बुझाकर चला गया मैंने कहा मानो कह रहा हूँ उसकी जीवन बत्ती ऑफ़ कर दी !

"हाय मैं वहाँ होती तो..." ललना बगल में आ खड़ी हुई मानो जो स्विच मैंने ऑफ़ किया वह फिर ऑन कर देती, होती तो।

चच्चो की मौत के पुनर्जन्म के उस पल में मगर, मैं इल्ज़ाम की बातें भूल चुका था। बस यही है कि हम खड़े हैं चच्चो की याद में चच्चो की खिड़की पर। याद, जिसमें से जीवन में घटी बातों का ब्यौरा धीरे-धीरे बह गया है और बस एक निराकार भास बन गया है।

मैंने तीली बुझाकर दूर बाहर उचकायी कि और है क्या याद करने को।

मेरी जली सिगरेट से ललना ने कश खींचे जैसे कुछ नहीं है भूलने को।

देर तक उस दिन वह चच्चो के कमरे में घूमती रही। कभी स्टूल पर चढ़कर रनर से निकल आए पर्दे के हुक वापस अटकाती, कभी बरसात से फूल आए दरवाज़े को बार-बार पटक के बन्द करती, खोलती, फिर चच्चो की सारी किताबें शेल्फ़ से उतार, झटक-झटक कर ऊँचाई के हिसाब से कतार में खड़ी करती और कभी फिर खिड़की पर खड़ी।

वहीं जहाँ चच्चो खड़ी होती थी।

हाँ अब खा लूँगी बोली जब मैंने कहा देर हो रही है खा लो।

मुझे नहीं पता था कि यह मेरे कहे उससे आखिरी स्नेही शब्द हैं, कि एक बार फिर मैं उससे रूठकर कुट्टी करनेवाला हूँ।

मगर उसके मुझसे आखिरी शब्द नहीं थे जब वह बोली "चच्चो की गोदरेज की चाभी ?"

थोड़ा मैंने तब देखा, ज़्यादा बाद में याद से देखता रहा कि बाकी दिन

उसने चच्चो की एक-एक चीज–निजी से निजी पहनने का कपड़ा, महँगी से महँगी साड़ियाँ–सब निकालकर बिस्तर पर डाल दीं, पहले पूरी अलमारी गीले कपड़े से साफ़ की, सुखाई, हर ख़ाने में ताज़ा अख़बार बिछाया, फिर एक-एक कपड़ा, एक-एक चीज़, खोली, झाड़ी, झटकी, पोंछी, तहाई, समेटी, और अलमारी में नए सिरे से रखी।

चच्चो की याद सँवारती या अपना भविष्य ?

ऑफिस से लौटकर अब मुझे घंटी बजानी पड़ती है।

बजाई थी। पहले दिन जब।

तब दरवाज़ा चरमरा के खुला और ललना उस तरफ खड़ी मिली। वह अन्दर मैं बाहर।

क्या मैं आँखें झिपझिपाते हुए उसे एकटक देखता रहा कि लो, कबसे होती आई वही क्रिया, बन्द दरवाज़े के दो पाट खुलने की, एक ओर वह, एक ओर मेरे होने की, फिर घटी ?

या उस दिन लगा कि इधर का पात्र उधर हो गया ?

हो सकता है मैं फ़ौरन ही अन्दर चला गया, अपने मन में दरवाज़े के निरंतरता से खुलने को देखते-देखते। पौर से होते हुए ज़ीने के पास मेरे पाँव ठिठक गए। हो सकता है क्योंकि रसोईघर से जीरे और हींग की देशी घी में बघार की खुशबू उसी पल मुझ तक पहुँची। मानो पहला खटका तभी हुआ कि जिस हवा को इन दिनों मैंने घर-भर में बेहरकत ठहरने दिया था कि वह एक दोहर बनी मुझे लपेटे रहे, उसे बेधना शुरू हो गया है।

ये फिर आ गई है मुझे चच्चो की गोद से वंचित करने।

मैंने घबरा के दिशा बदली और सीधे ज़ीने के ऊपर चढ़ने लगा। दबे पाँव।

जैसे कभी चच्चो चढ़ती रही होगी।

ज़ीने के दरवाज़े पर उसके सीने में दिल करवटें लेने लगता। उसके पैरों में धुकधुकी होने लगती। दरवाज़े के पार पड़ी छत, छत नहीं, समन्दर-सी, आ जा आ जा फुसफुसाती हो जैसे, जिस पुकार पर चच्चो खिंची तो चली आई है पर डर के भाग भी जाना चाह रही है।

छत नहीं, समुन्दर ही जैसे पूरे लेबरनम हाउस पर पड़ा था। पड़ा नहीं,

डाटें मार रहा था। लम्बे-चौड़े लेबरनम हाउस पर, जो एक नहीं, कोई सौ सवा सौ घरों का पुराना मोहल्ला था, इस छोर से उस छोर, दूर तक खिंची एक ही लम्बी-चौड़ी इमारत में बसा, कहीं ऊँची कहीं नीची लहरें भरती छत के नीचे, सदियों से डूबा पड़ा।

चाचा जान नहीं पाते। कि चुपचाप रहनेवाली, उनकी एक करारी नज़र पे सिमट जानेवाली चच्चो क्यों अचानक उठ बैठती है, क्या उसके मन में आता है जो पहले कि वह उसे पकड़ पाए पंख बनकर ऊपर उड़ जाता है, ताकि वह और बेचैन हो जाए, ज़ीने पर अनायास चढ़ने लगे मानो किसी ने उसे कोहनी गड़ोई है—उट्ठो नींद नहीं आ रही हाँ नहीं आ रही मुझे भी तो चलो न चलें छत पर।

ज़ीने का दरवाज़ा खोलकर चच्चो खड़ी है।

बरसात के बचे-खुचे दिन। दूर-दूर तक फैली छत। उसका भीगा-भीगा सुरमई सम्मोहन। उसका धीरे-धीरे लहराना। उसका लहरा-लहरा के सुरमई बाँहें उठाना। बाँहें उठाकर आकाश को तारों समेत हल्के-हल्के खींचना। आँखों में उनकी टिमटिमाहट का तैर जाना।

जब पैरों के नीचे छत हो तो ऊपर पूरा आकाश है।

हम चलने लगे हैं—चच्चो की याद और मैं।

अभी चच्चो की बाँहों के अन्दर मांस ने पानी बनना नहीं शुरू किया है इसलिए हम सबकी नज़रों से बचकर चलेंगे, अँधेरे में राह बनाते। चच्चो अपनी गोल सख़्त बाँह से खुद ही टकराकर हल्के से सहम गई है !

जहाँ-जहाँ छत का लेवल बदलेगा, दो-तीन सीढ़ी चढ़नी या उतरनी पड़ेंगी। या फिर टंकी पर चढ़कर कूद जाओ। या छज्जे से लपक लो। तो फिर चच्चो को अपनी साड़ी टख़नों से ऊपर समेटनी पड़ेगी।

पड़ी।

उसने चारों ओर नज़र दौड़ाई। दूर किनारे पर नौकरों ने अपने मालिकों की खाटें लगा दी हैं। अँधेरे की उजाली छायाएँ।

हल्की सी हवा चच्चो की साड़ी को उड़ाती है तो चच्चो घुटनों तक उसे उठा लेती है और सफ़ाई से मुँडेर पर चढ़, जैसे तनी रस्सी पर चलती हुई उधर कूद जाती है।

वह भी, मैं भी।

हम दूर तक चलते जाते हैं, न जाने कितने घरों के ऊपर तहख़ानों में घुटती उनकी दीवारों को लाँघकर।

मोहल्ले के छोर पर मैं थम गया हूँ—एक कदम आगे और नीचे !

उसी पल मेरी पीठ देख लेती है वह मेरे पीछे खड़ी है। न जाने कबसे चच्चो और मेरा पीछा करती यहाँ तक चली आई है ?

चाहता नहीं हूँ पर मुड़ना पड़ता है और चच्चो की याद पीठ पीछे रह जाती है। कूद गई नीचे जैसे।

शाम की बत्तियों ने जलना शुरू किया है और इस तरह छत पर आने लगी हैं जैसे अँधेरे के साथ रात-भर खुसफुस-खुसफुस करने का उनका चुप्पे-चुप्पे इरादा है।

ललना के सारे बाल लाल हैं।

चच्चो ब्रश से ललना के मेंहदी लगाती थी।

ललना के बाल पहले सफ़ेद होने लगे।

पर चच्चो पहले मर गई।

मैंने नहीं चाहा था कि कोई अजनबी चच्चो को मरघट के लिए तैयार करे।

तुम नहीं कर सकते बेटा, पंडित बुज़ुर्ग सब अड़ गए। झगड़ने की घड़ी नहीं थी, मैं चुप खाये रहा। कैसे तो कहता कि बोल नहीं पा रही तो माने कोई भी उसका बदन देख ले ?

चच्चो ने उमर के साथ-साथ अपना पूरा बदन ढकना शुरू कर दिया। कुर्तीनुमा ब्लाउज़, नेफ़े को ढकता। लम्बी ढीली बाँह, उँगलियों तक ढलकती। सिर पर माथे तक पल्लू, चेहरा आँचल में कस के बँधा-सा। पाँव जूतियों में या फिर साड़ी के नीचे लापता।

चाचा के बाद बेचारी टूट गई है, छत पर हवा खाते लोगों ने कहा। वैधव्य माननेवाली नारियाँ हमारी।

यह किसी को भी नहीं लगा कि वह अपनी अधेड़ होती सुन्दरता को ढँक रही है, खुद अपनी आँखों के आगे से अपना ढिलाता तन खारिज कर रही है।

उसके बाथरूम में लगा बड़ा शीशा बदल दूँ लाओ मैंने कहा धुँधला जो हो गया है पानी के छींटों से धब्बेदार। रहने दो वह बोली उसके धब्बों में मेरे नहीं दिखते।

मैं मूढ़ मन में मानो उसके अक्स को शीशे में तकता हूँ, बाथरूम में उड़ती गरम पानी की भाप में स्वप्निल-सा लहराता, मद्धिम-मद्धिम दमकता।

मेरे मन में जब-जब रुलाई फूटना चाहती है, बस सीने में कुछ बड़ा-सा, बेचैन-सा, हाँफने लगता है, बाहर एक ज़र्रा नहीं निकलता।

चच्चो।...।

चच्चो।...। क्या करूँ बस तुम्हारा नाम लेने के सिवाय ?

चच्चो...चच्चो...सूखे पत्तों सी खड़खड़ाती यादें। यादें जो बाज़ीगरी में जैसे बिजली की गति से इधर से उधर उलट-पलट करतब दिखा रही हैं।

यह ठीक नहीं है, मैं सोचता हूँ। कम से कम इस याद को धीमी रफ़्तार में ही आने दूँ, यह हाई-स्पीड डिस्कोथेक-पन इसे शोभा नहीं देता। यह याद मेरा दुख है, दुख धीमा है, गहरा है, बूँद-बूँद रिस रहा है। मैं सोच रहा हूँ, सच मैं दुखी हूँ, बहुत दुखी, बहुत बहुत दुखी।

मैं दुख से दुखी हो जाता हूँ। मैं अपने दुख में चिपटा उसके साथ-साथ लिसड़ता चला जाता हूँ, यादों के सम्मुख नितान्त बूढ़ा, बेकार।

रोशनदान से नीचे झाँकता हूँ जहाँ चच्चो का कमरा था, पर कुछ दिखाई नहीं पड़ता, बस आँखों से ओझल कोई सपना सहेजा पड़ा है।

यह मेरा दुख है जो मैं दिन-दहाड़े सपना देखने लगा हूँ। सपना जो भविष्य का नहीं, अतीत का है। फिर वही पस्त बूढ़ा और उसे लहूलुहान करती यादें भूत की।

यादों की दुनिया के सुखी पल भी बूढ़े को दुख ही देते हैं। जो सपने पीछे को जाते हैं आगे को नहीं, वह ऐसा ही करते हैं। बचपन की अँधेरी रातों की रूपसी की तरह जो ऊपर देखो तो सुन्दर चेहरे की मोहिनी थी पर नीचे देखो तो पीछे को मुड़े पाँव के कारण भूतनी थी।

मैं उलटे पाँव चल देता हूँ। छिप-छिप के। अकेला होने के लिए। सिर्फ़ चच्चो को याद करने के लिए।

कितनी बेमानी हैं ये बातें। किसी प्यारे को याद करना, उसका मर जाना, बेटे का अपनी माँ के लिए रोना, क्या है कहने को यहाँ ? मैं चच्चो को प्यार करता हूँ—क्या मतलब इन शब्दों का ?

उसकी चिता में आग देकर मैं फ़ौरन मुड़ गया था, अग्नि को भभकते देखने की चाह नहीं कोई।

बस इतना आसान है बिछड़ना ? उसे लिटाया, चिनगारी दी, मुँह फेर लिया। एकदम हल्का और ख़ाली घर लौट आया।

पड़ोसियों को विदा करके जब नमस्कार किया तो एकाएक दाहिनी हथेली पर उस मशाल की छुअन महसूस हो आई जिससे मैंने चच्चो को आख़िरी बार छुआ था। उस हाथ को कुर्ते की जेब में डालकर मैं अन्दर चला गया। घर में।

जहाँ कोई नहीं था।

अब है। फिर। ललना। खबर सुनकर शोक मनाने चली आई है। सहेली की याद उसे खींच लाई है।

और उसके बिटवा की।

खिड़की से आतीं सूरज की लाल-लाल किरणें सीधे मुँह पर पड़ रही हैं। बरसातों के बाद की खोपड़ी चटकानेवाली गर्मी का तकाज़ा लिए। पर उठने को जी नहीं चाह रहा। तकिया आँखों पर दबा लेता हूँ मानो भ्रम पैदा करके सोता रह सकूँगा कि अभी रात बाकी है !

ललना को दो तकियों की लत थी पर सोती एक पर भी नहीं थी। दोनों के बीच दो इंच की सुरंग में बस सिर गड़ा देती।

फिर ललना ! सुबह हुई नहीं कि ललना !

कैसे कुछ लोग एक कोने में चुप भी पड़े रहें तो भी सारे में मातम-से फैल जाते हैं।

यह भी क्या खूब है—ग़मी चच्चो की और भूत की तरह यहाँ फिर रही है ललना !

डर के बन्द आँखों पर पपोटे डबल भींचता हूँ कि कहीं देख न लूँ कि जहाँ नज़र जा रही है वहीं चच्चो नहीं है। चच्चो नहीं है, नहीं है, नहीं है, यही मौजूदगी मेरे बिस्तर के आरपार घुमड़ती।

दरवाज़ा चूँऽऽ से खुलता है, बन्द होता है।

यह चूँऽऽ अनायास की एक्टिंग करता सायास प्रयास है। यह ललना का तरीक़ा है ताकि मैं सुन लूँ वह धीरे से, बिना आवाज़ के, झाँक गई है, हरदम खयाल रखती कि मुझे डिस्टर्ब न करे।

अभी फिर करेगी चूँऽऽऽ।

ऐसी छलनीति से करती है मेरा इन्तज़ार।

क्यों करती है मेरा इन्तज़ार ? देखती नहीं मैं चाय की प्याली लेकर वहाँ चला जाता हूँ जहाँ वह नहीं है ? उसके संग चुपचाप भी बैठना बन्द है।

उठो बिटवा कितना दिन चढ़ आया है, कहने की हिम्मत नहीं कर पाती।

तभी बस चूँऽऽ ! सायास प्रयास अनायास का।

उसके स्वर में बिटवा की काल्पनिक पुकार झुरझुरी बनकर मेरी पीठ पर दौड़ जाती है।

चूँऽऽऽ।

"क्या है," आखिर मेरा तकिया पूछता है।

"चाय बना दूँ ?" ललना का स्वर आता है।

चच्चो का नहीं।

क्या मैं इसीलिए उठ आया था कि अभी तक चच्चो ने आवाज़ नहीं दी थी, चाय लेकर नहीं आई थी ? याद नहीं आ रहा उसे कुर्सी पर सोते देख क्या फ़ौरन समझ गया था ? खिड़की पर कबूतर फड़ फड़ खड़ खड़ उड़े। रात भर चच्चो के पास थे ? गूँऽ गूँऽ खड़ फड़ की हो, चच्चो उन्हें उड़ाने हाथ न उठा पाई हो ?

कबूतर के उड़ने से हवा लगती है तो सेहत बनती है, बचपन में हम छत पर कहते थे।

"यहीं रख दूँ चाय ?"

ललना। फिर। जबकि चाहे तो बिना कहे भी रख सकती है। तिपाई खिंचने की आवाज़ से भी तो मैं समझ सकता हूँ।

मुझे तकिया हटाना पड़ता है। आँखें कहीं उसके चेहरे से अलग पर आस-पास फिराता हूँ। तब भी तो उसका मुँह दीख जाता है जिसे वह किसी कारण खोल रही है, बन्द कर रही है और थूक का धागा ऊपर और नीचे के दाँत के बीच तनता है, टूटता है।

इसको पुकारना चाहा था अपने आखिरी पल में चच्चो ने ? उसके अधखुले होंठों को देखकर काश यह सन्देह न किया होता मैंने और थोड़ी देर से सही, पर भिजवा जो दिया तार आखिर, ललना चच्चो चल बसी, मेरे अन्दर पहिए-सी घूम रही है उकताई मेरी आवाज़।

ललना चच्चोवाला बिस्कुट का डब्बा ले आई है। मेरे लिए खोलकर खड़ी है। क्या चच्चो बनी ?

चच्चो, मैं च-च्-चो कहने को मुँह खोलना चाहता हूँ।

ललना, मेरे होंठ ल-ल-ना आकार लेते हैं।

गुस्से की थर्राहट से मैं बिस्कुट उठाता हूँ तो अत्यन्त भद्र 'थैंक्यू' मेरे

मुँह से निकलता है।

ललना मुझे ही देख रही है।

कब जाओगी, मैं पूछना चाहता हूँ, हाथ आवेग से हिला-हिलाकर। चच्चो तो गई न, मैं याद दिलाना चाहता हूँ, कब तक यहाँ डटी ग़मी मनाओगी ?

तुम, मन ही मन कोस रहा हूँ, यहाँ आकर चच्चो को निकाले दे रही हो।

क्या प्रोग्राम है तुम्हारा, सूझता है इस सवाल से छेड़ सकता हूँ उसके जाने की बात, मौक़ा देखकर।

पर दो चीज़ें एक साथ होती हैं। 'प्रोग्राम' शब्द पर इन दोनों के आपस का कोड याद आ जाता है। और देखता हूँ ललना ने चच्चो की साड़ी पहनी हुई है।

पर मैं कब कुछ बोला ? छुट्टी का दिन था, आराम से नहाया-वहाया और शून्य-सा बिस्तर में पड़ा रहा। सही वक़्त पर चेतावनी-सी मन में टंकारी—दीवार घड़ी बारह-छप्पन दिखा रही थी।

मैं आवाज़ करता हुआ उठा कि पहले कि सूई एक पर पहुँचे मैं खाने की मेज़ पर पहुँच जाऊँ और पहले कि ललना को मुझसे कहने का अवसर मिले जल्दी से खाना परोसूँ और खा लूँ। दाल में लहसुन मिर्चे का तड़का होगा, रायते में भुना जीरा होगा, खीर में चिरौंजी होगी...

यहाँ मेरी पसन्द का खयाल करने आई हो, पूछूँगा, मैं वॉशबेसिन पर झुककर हाथ धोते-धोते सोचता हूँ। आवाज़ को बदतमीज़ होने से बचाए रखकर कहूँगा, अब तुम जा सकती हो और...चुल्लू में पानी लेकर सिर पर उँड़ेलकर सीधा जो होता हूँ बाकी संवाद भूल चुका हूँ। अभी-अभी जिसे बनाया था !

यही हो रहा है मेरे साथ, एक पल यहाँ एक पल वहाँ, और कहीं का होश नहीं। और देखना, प्लेट नहीं होगी टेबल पर जिससे आवाज़ लगानी पड़े और वह आए, प्लेट लेके खुद खड़ी हो जाए वहीं, मैं फिर से देखूँ उसे, फिर से सुनूँ उसे, चुए उसकी आँखों से नेह !

खाना थर्मोसील बर्तन में रखा है। प्लेट भी है ! गिलास के नीचे पर्ची दबी है—'शाम को लौटूँगी।'

दाल पर से ढक्कन उठाता हूँ तो ढेरों इत्मीनान छौंक की खुशबू की गरम भाप के साथ अपनी त्वचा पर आने देता हूँ। अकेला-हूँ का चैन।

चच्चो के कमरे में जाने का मन करता है, जो उसके जाने पर भी उसका रहा।

पर दरवाज़ा खोलता हूँ तो लगता है क्या मैं चोर हूँ ? और मेरी चच्चो के कमरे में इस ललना ने डेरा डाल रखा है। चच्चो की याद में सुई-सी चुभती,

कहीं उधेड़ती, कहीं नए टाँके लगाती।

चच्चो की मेज़ पर रखी चीज़ों को मैं देख रहा हूँ। शंख के आकार का राखदान है जिसमें ललना की सिगरेट की राख है जिसे मैं उठाकर रद्दी की टोकरी में झाड़ देता हूँ। गुँह में पैर का अँगूठा लिए पीतल के कृष्णजी हैं। मेरी भी वही मुद्रा होती थी, चच्चो बताती थी।

ललना भी, याद आ ही जाती है।

चन्द्रकान्ता संतति की मोटी-सी प्रति रखी है जो ललना ने चच्चो को भेंट की थी। बैंगनी स्याही से उसके लिखे हर्फ़ हैं, 'चच्चो के लिए'। चच्चो का नाम है, ललना का लिखा।

मैं राखदान को छूता हूँ, किताब खोलकर चच्चो के बैंगनी नाम पर हाथ फेरता हूँ, कृष्णजी को एक तरफ सजा देता हूँ जैसे चच्चो रखती थी।

एक तितली की फर-फर पर आँख खिड़की की तरफ जाती है। नीले रंग की तितली उड़ आई है। खिड़की पर आ बैठी है।

जहाँ दिन-भर बीसियों बार चच्चो आ खड़ी होती। कुछ भूली-भूली सी, अर्धचेतना में बाहर को देखती, अलसाई आँखें लेबरनम हाउस की सड़क को नहीं, किसी अदृश्य सड़क को घुनतीं।

नीली नहीं है। दूधिया है। दूधिए पर दो नीली धारियाँ हैं। उड़ती है तो नीली तितली, बैठती है तो दूधिया।

चच्चो उड़ती जब ऊपर गई तो क्या अपनी साड़ी की पतली किनारी के रंग की हो गई ?

मैं चच्चो को याद कर रहा हूँ और उसकी साड़ी में लिपटी ललना दिखी जा रही है।

हटाओ उसे, मैं खुद से कहता हूँ। मैं चच्चो के साथ जीता हूँ, मैं खुद को याद दिलाता हूँ। तिल-तिल कर जी रहा हूँ। चच्चो की मौत के साथ।

जिसके जीने का हिस्सा रहे हो, उसकी मौत का भी तो हिस्सा हो।

पर हो ? हूँ ? क्या चच्चो की मौत में कहीं भी मैं शामिल हूँ ?

या बस वह, जिसका नाम आख़िरी क्षण में चच्चो के होंठों में रह गया ?

किसका नाम था वह ? सच ललना का ही ?

किसका है यह कमरा ? सच चच्चो का ही ?

मैं एकदम एकदम अकेला हूँ।

एकदम एकदम अकेला।

खड़ा हूँ इस खिड़की पर जिस पर चच्चो खड़ी होती थी। अकेली।

मेरे साथ नहीं।

खिड़की के फ्रेम में जड़ी सुन्दर तस्वीर-सी। लेबरनम हाउस से आते-जाते लोगों के साथ खुद को निहारती-सी। एकदम बारीक नोक वाली पेन्सिल से बनी उसकी लम्बी आँखें और पतली नाक। भरे-भरे जामुनी होंठ। गाढ़ा जामुनी रंग।

"उफ," ललना कहती, "काटें ज़रा, इस चच्चो के तन में खून नहीं जामुन का शीरा है।"

खिड़की में खड़ी चच्चो अलसाए हाथ उठाती, धीरे-से बालों का रिबन खोल देती कि बादल की तरह घुँघराली घटा छा जाए। सुनहरी बॉर्डर की कभी प्याज़ी, कभी धानी, कभी आसमानी साड़ी पहने, पल्ला बाएँ कन्धे के नीचे जापानी हथपंखे-सा खुलता, सीने पर कसे मैगी स्लीव के ब्लाउज़ पर अब सरका तब सरका पड़ा।

अपनी भरी-भरी गोल बाँह वह खिड़की पर टिका देती।

इस तरह।

"उफ, सुन्दरी की," ललना का कहना था, "भूतनी की, साइकल के पम्प से हवा भराती है, सर्र सर्र कसी भरी एकदम्मे टाइट ये बाँह !"

चच्चो का सुख से उदास अँगड़ाई लेना। बाँहों को सिर के ऊपर बाँधना। पल्लू का आधे तन से फिसल जाना। बगलों में पसीने के गोल भीग उठते।

सुना है, सुना है—ये बातें सुनी हैं, मोहल्लेवालों से भी, खुद चच्चो से, ललना से भी, अपने किसी बचपन में। सुनानेवालों ने ऐसे सुनाया है कि आज जैसे देख पा रहा हूँ, कि जैसे मैं था तब, अपने पहले भी, अपने बाद भी ! देखता हुआ चच्चो को जो चुप यहाँ खड़ी होती जैसे हड्डियों से नहीं, एक लय

के सहारे बनी।

वह अदृश्य लय जो उसकी काया को लहर की बलखाती कशिश देती।

जब उसने आगे चलकर सारा तन ढँकना शुरू कर दिया तो भी वह लहर कहीं नहीं छिपी, उसके मोटे गफ़ कपड़ों को पारदर्शी बना गई।

तब भी थी वह लहर, जब वह कुर्सी में बैठे-बैठे ही हमेशा के लिए सो गई। खमदार लहर जो मरने पे भी नहीं बिगड़ी। गर्दन कुर्सी के हत्थे से नीचे गिरी, हाथ अलग झूला, आँखें हाथों की तरफ घूमीं और ऊपर सरक गईं, होंठ हल्के से खुले बस नाम पुकारने ही वाले हों ज्यों—पूरे ठवन में वही एक लय, जैसे नृत्य की मुद्रा यहाँ भी।

कोई हैरानी तो न होती अगर वह फिर से उठकर यहाँ खिड़की पर खड़ी हो जाती !

जैसे तब से मैं खड़ा हूँ।

सधी तस्वीर बनी देखती—क्या हलचल है उस तरफ !

फाटक से कोई थ्री-व्हीलर अन्दर आ रहा है, कंकड़ी पर कँकड़ीली आवाज़ करता, बाहर की गर्द पहियों से उड़ाता।

मैं ज़रा आड़ में हो लेता हूँ ज्यों चच्चो हो जाती, अजनबी नज़रों और धूल के पाउडर से बचने। आँखें बन्द करता हूँ जैसे खुद न देखूँ तो यक़ीनन कोई और भी नहीं देखेगा। अगले ही पल आँखें खोल देता हूँ। ज़रा-सा फिर सिर आगे। न जाने कौन है स्कूटर में, हल्की-सी उत्सुकता उसकी अजनबियत पर।

यह उत्सुकता मेरी नहीं, चच्चो की है !

कब तक याद रखूँगा मुझे आड़ में रहना है ? सामने न आ जाऊँगा ? खिड़की के एक कोने से सूरज की तरह उगते ? जामुनी सूरज। खोई-खोई निगाहें भूल जाएँगी कि बाहर से कोई घूर रहा है। या बेफ़िकर हो जाएँगी घुंघराले बालों के झटके के साथ—उँह देखे ! या आईना बना लेंगी उन घूरती आँखों को अपनी खूबसूरती का। या अपनी चाहत का।

धीरे-धीरे मैं अपने तन को ढीला करता जा रहा हूँ, जगह-जगह के पेंच खोलता, गाँठें सुलझाता। सारी नसें, सारे स्नायु सुकून से फैल रहे हैं और इसी खिड़की पर अन्दर और बाहर के अदृश्य एक मिलन-बिन्दु पर मैं झूल जाता हूँ। लतर की तरह।

चच्चो की तरह।

यहाँ मेरे हाथ होते, यहाँ मेरे घुँघराले बाल, खिड़की मेरा फ्रेम, मैं उसमें सुन्दर तस्वीर...

तस्वीर-सी बीती...

तस्वीर-सा दुख...

मैं बाहर देखती हूँ और सिगरेट फूँकता हूँ।

वह सामने जिस आँगन में महरी बर्तन माँज रही है, वही हुआ करता था प्रेमानन्द जी का घर। वहीं से एक पन्द्रह-सोलह साल की लड़की देखा करती थी लो फिर आ गई वह खिड़की वाली। टसर की साड़ी, सुनहला बॉर्डर। चुप, गुमसुम। अभी फीता खोलकर घुँघराले बाल लहराएगी। बड़ी-सी गोल बिन्दी।

"कद्दू-सा मुँह फुलाए," ललना चच्चो को कोहनी मारकर मुझे बताती।

"जी में आने लगा," ललना चहकी, "कि देखे यह मेरी तरफ और मार मुँह इसे चिढ़ाऊँ। कब तक तो रूठी रहेगी !"

"एक दिन मैं बालों में कँघी कर रही हूँ तो देखती हूँ वह सामने प्रेमानन्द जी के आँगन में कोई लड़की कपड़े फींचना रोक मेरी नकल उतारने में लग गई है," चच्चो हल्के से मुस्कुराई। "मैं नाक खुजाऊँ तो वह भी। मैं उलझी लट को सिसकारी ले सुलझाऊँ तो वह भी। मैं हाथ रोक के घूरने लगी तो वह भी।"

"यों ! और यों ! और यों !" ललना नाच गई।

"ऐं, बड़ी बदतमीज़ है !" चच्चो खिड़की से हट गई।

उन दिनों लेबरनम हाउस की छत से प्रेमानन्दजी के घर का रोशनदान ख़ास घिरा रहता। मोहल्ले की लड़कियाँ कहानियाँ लातीं कि एक नई लड़की आई है जो रसोइये को डाँटती रहती है और प्रेमानन्दजी के घर-परिवार को खाना खिला, हाथ धुलवा के कोने से स्टूल खींचकर उसी मेज पर खुद खाती है।

नई नौकरानी है, बहुत से लोग कहते।

"दूर-दराज़ की उनकी कोई ग़रीब रिश्तेदार है," चाचा ने चच्चो को ख़बर दी।

"ऐ श्शू !" चच्चो ने होंठों पर उँगली रख होशियार किया, जब प्रेमानन्द जी को अन्दर से आँगन की तरफ निकलते देखा।

"ऐ...शू," उस लड़की ने मज़े से नकल उतारी, फिर जल्दी से कपड़े निथारने लग गई।

सुना चच्चो को इस खेल का चस्का लग गया। चाचा घर से निकलते तो खिड़की पर पहले की तरह आ खड़ी होती पर अब बार-बार उधर आँगन में झाँकती। कुछ ऐसे इन्तज़ार करने लगी उस नई लड़की का कि जैसे अपनी हिम्मत कितनी बढ़ सकती है, उसका सबक आईना बनकर वह लड़की देती जाएगी।

अदा पर अदा चच्चो बढ़ाने लगी और उनकी नकल देख मुस्कुराने लगी कि मानो अपनी शोख हरकतों पर रीझती हो। कभी तो अपनी पूरी काया खिड़की से बाहर इतनी फैला दी कि बस अब बाँहें हैं जो पंख बनना चाहती हैं और उड़ पड़ेगा यह पंछी। सामने आँगन में लड़की ने फुर्र-फुर्र कर भी दी।

फिर क्या होड़-सी लग गई कि तुमसे आगे ही होकर दिखाऊँगी ? इसने ठेका दिया तो उसने और ज़ोर का, उसने ठुमका दिया तो इसने कहीं बढ़कर !

ललना चौंककर हँस पड़ी। नाच देगी यह घुन्नी दीखती लड़की, उसे कब उम्मीद थी !

चच्चो का दिल बेइन्तहा धड़कने लगा। तन-मन के यों थिरकने से घबराकर। ललना ने जैसे भाँपकर टिल्ली-लिल्ली अँगूठा मचकाया। चच्चो ने भी हाथ उठाया पर चिढ़ाने के बजाय एक दोस्ताना अभिवादन वहाँ हो बैठा।

लोगों ने यह सब घटते नहीं देखा। वे रोशनदानों में मशगूल रहे। लड़के कहते, रातों में बड़ा मज़ा आता है। कहते, यह जो नई लड़की आई है जान-बूझकर आँगन के दरवाज़े के ठीक सामने सोती है ताकि प्रेमानन्द जी का भतीजा जब रात को पेशाब के लिए निकले तो उसके सामने पड़े। कि बाथरूम की बत्ती जले तो ऊपर रोशनदान से भी दीखता है वह फटी-पुरानी फ्रॉक पहने पड़ी होती है जो टाँगों के ऊपर अस्त-व्यस्त है और बाई गॉड से, परेश ने बताया उसने सत्यवादियों से सुना है, वह नीचे कुछ नहीं पहनती थी।

उधर आँगन में नंगे तार पर एक मरा-मरा पीला बल्ब लटका है। उसके अँधेरे में आँगन में साए भर गए हैं। वहीं चच्चो ने प्रेमानन्द जी के भतीजे को थप्पड़ मारा था।

"आँगन में जाकर क्या बोलीं तुम ?" मैंने एक बार उसके पास लेटे-लेटे पूछा।

"क्या बोलती ?" चच्चो ने कहा और टेबल फ़ैन को फ़ुल कर दिया।

टेबल फ़ैन।

वह वाला जिसे एक बार चोर ने चलता हुआ उठाने की कोशिश की थी, छत से आँगन में रस्सी डालकर, मानो तालाब से मछली पकड़ता हो ! उसी के बाद चाचा ने, कि ललना ने, या फिर चच्चो ने, आँगन पर टट्टर डलवा दिया।

गर्मी की रात !

गर्मी की रातों में क्या किया जाता है ?

छत पर सोया जाता है।

पर छत तो पूरे मोहल्ले की है, मार भीड़-भाड़, शोर-शराबा, चाँद की तरह ताकाझाँकी। चुपके-चुपके सहला-सहली। हवा की तरह शरारतें। कहीं मुँडेर पर सुराही रखी है कि रात को उठकर सोंधी मिट्टी की महक का पानी पी लो। कहीं खाट पर कोरी चादरें बिछी हैं, तकियों को गोल मरोड़कर मसनद बना डाला है, ठहाके लग रहे हैं। ज़रा अलग किसी ने अँगीठी भी जला ली है और परात से नर्म लोइयाँ लेकर बेल रहा है, गर्म-गर्म फुल्के सेंक रहा है। गिलहरी सोते-सोते जग गई है और उम्मीद नहीं छोड़ पा रही कि आटे में उसके नाम भी हिस्सा है, दो कदम आगे डर-डर के, बीस कदम पीछे और डर के।

लेबरनम हाउस की छत। अभी भी कभी-कभी सर्राफ़ों की छत कहलाती है। अठारहवीं शती में यह सर्राफ़ों का मोहल्ला था और उनके राजा ने एक छत के नीचे यह रहने-बेचने की जगह कर दी। कहीं ऊँची, कहीं नीची छत। हर मौसम की निराली छत। हर रिश्ते की हिमायती छत। दबावों से मुक्त छत। असीम से असीम को लाँघती हुई।

अट्ठारह सौ सत्तावन में इन घरों में न जाने कितने बाग़ी छिपे कि अंग्रेज़ों की टुकड़ी आई तो छत की राह घर-दर-घर लाँघते हुए मोहल्ले में नीचे कूद

जाएँ और फ़रार ! सुनते हैं कि चमनजी के दो परदादा भाइयों में एक बाग़ियों के साथ था, दूसरा अंग्रेज़ों के, और उन मारकाट के दिनों में दोनों एक दूसरे से छिपाकर अपनी टोलीवालों को शरण देते। एक दिन एक इधर का छिपा छत के रास्ते भाग रहा था और उधर का एक, छत के उसी रास्ते छिपने आ रहा था। राह में टकरा गए दोनों और ऊपर से नीचे की छत पर जा गिरे जिससे एक के पैर में पड़ गई मोच। ऐसे में दूसरे ने दोनों हाथों से सहारा देकर उसे छज्जे से ऊपर खींचा और तब फिर ग़ायब हो गया।

ग़ायब होना आज भी आसान है इस छत पर। किसी का घर दो-मंज़िला, किसी का तीन, कहीं पौर से लगा ज़ीना, कहीं आँगन की दीवार से सटी लोहे की सीढ़ी। छत पर बढ़ी आई दरख़्तों की डालें, खम्बे, छज्जे, टंकियाँ। एक कदम इस ओट, दूसरा कदम उस ओट और नौ-दो-ग्यारह।

यही जानकर सुधीरचन्द्र 1942 में भागे, जब पुलिस पहुँच गई उनके बाबा को पकड़ने, जो आन्दोलन में सक्रिय थे। अरे बचवा भाग, उनकी दादी चिल्लाईं, तोहार बाबा ते है नहीं, ये जल्लादन तोहिके भूँज देंगे। लगीं देने गालियाँ फिर देशद्रोही, वर्दीपोश, अंग्रेज़ों के टट्टुओं को।

मज़ा यह कि देशद्रोही नहीं तो बड़े देशप्रेमी भी नहीं थे सुधीरचन्द्र। इन्टर, बीए कुछ कर रहे थे और बस इतनी-सी आकांक्षा थी कि अच्छी-भली कोई नौकरी, काले, गोरे, पीले, लाल, जिसके तले, पा जाएँ। ऊधमी बाबा फ़्यूचर न बिगाड़ दें, सर पर पाँव रखकर भागे। पर अबके जो छत पर उधर से दौड़ा आ रहा था, उसने ऐसे किसी रुख का संकेत नहीं दिया कि पास आ, सहारा दे हट जाऊँगा। एक तरफ नीम की डाल दूसरी तरफ दारोगा की मूँछ ! कहते हैं सुधीरचन्द्र नीम की टहनी पर लटका ही चाहते थे कि पीछे से दादी चिल्ला पड़ी, अरे मरेगा, खुद लाठी ठक-ठक करके ज़ीना चढ़ने में मरने-मरने को होती। सुधीरचन्द्र गड़बड़ा गए और जिस सफ़ाई से दारोगा की बाँहों में समा गए लगा कि बस यही तो इरादा रहा उनका ! पुलिस थाने ले जाए गए, रिपोर्ट दर्ज हुई, छोड़ दो इसे, वे अदृश्य मूँछों को ताव देकर कहते हैं दारोगा ने कहा, और कहते हैं छोड़ दिया गया मुझे पर 1942 में मेरी भी शिरकत दर्ज हो गई तो प्रोविंशियल जुडिशल सर्विस के इम्तहान में ग्रेस मार्क मिल गए तो देखा, दादी ने मुझे अफ़सर बना दिया।

छत की यही सब सिफ़त जानकर पंखाचोर ने अपना नसीब आज़माया।

"मैं सोचूँ ये पंखा अचानक डगमग-डगमग कैसे करने लगा," चच्चो बताती।

"चोर-चोर, मैं चिल्लाई," ललना बताती। "मैं तो उठी कि मुए उसी को रस्सी समेत खींच दूँ नीचे पर तुम्हारी चच्चो को चादर की पड़ी थी। मार गर्मी के सारे कपड़े जो खोल डाले थे !"

चोर-चोर सुनकर छत पर अचानक सब तरफ लोग भागने लगे। कितनों ने कहा, बस पकड़ में आके छूट गया। कोई बोला, तेल चुपेड़े लम्बा-तगड़ा लँगोटधारी हाथों से फिसल गया। बन्दर-सा था ठिगना, कोई और बोला, लगा गया छलाँग अनन्त में। गड़ाँसा खोंस के आया था तीसरा बोला।

बहुतेरे कुछ न बोले। भगदड़ में अँधेरी चुम्बनों में व्यस्त हो गए।

चाचा और मैं नीचे आँगन की तरफ भागे तो चच्चो और ललना एक ही चादर की खींचातानी में कहीं ब्लाउज़ चढ़ा रही थीं, कहीं धोती खोंस रही थीं।

चाँदनी रात में एक साथ निरे स्तन चमक उठे।

कोई चला जाता है और बस यह छत और उस पर घिरे रोशनदान छोड़ जाता है तो जाने कैसी टेर घुमड़ती है। जाने कैसे दुख-सुख के पल उड़े आते हैं जुड़ने को, वहाँ के यहाँ से, कल के आज से, जो तब न बन पाईं उन कहानियों को अब बना डालते हैं।

चच्चो, जो मेरी माँ नहीं थी, जिस बात का दुख मुझे बचपन के बाद से ज़्यादा ज़्यादा और ज़्यादा सालता रहा है। जिसे आज मैं किसी भी तरह से, हर हालत में अपनी माँ ही मानता हूँ। तुम होती तो कह देता यह सब तुमसे, चच्चो, मेरी माँ, तुम, और कोई नहीं।

क्या जो हैं वह हमें तभी दिखेंगे जब वे नहीं हैं ?

क्या जो नहीं है वही जी रहे हैं हम और जो है बस यान्त्रिक विधि है जो स्वप्न बन जाए तभी हम उसे जिएँगे ?

जैसे मैं कहूँ अगर मैं कहूँ जो मैं नहीं चाहता क्योंकि वह सब कहना नहीं चाहता कि अपने पूरे बचपन और तरुणाई में इस घर और इस छत पर मस्त-मस्त दिखाई पड़ता मैं, तब कम, अब ज्यादा हूँ इस घर में, इस छत और उस बचपन में, उन तीनों में, क्योंकि तब तो मैं विदेशी विलायत में था जहाँ का स्वप्न इस मोहल्ले के वासियों ने मेरे गले उतार दिया था कि हाँगकाँग की पैदाइश तो विलायती होने का पासपोर्ट है क्योंकि हाँगकाँग ने तो आज़ादी की मार खुद को मारी नहीं है ! परतन्त्रता की गैस से फूला मैं मस्त-मस्त बच्चा ही तो था जो दीखता यहाँ पर होता वहाँ था जहाँ मैं चला जाऊँगा। यहाँ की हार कोई हार न थी, यहाँ की जीत टाइम-पास थी।

लेबरनम हाउस के किसी बड़े भाई साहब ने हम ढेरों बच्चों से छत पर दौड़ लगवाई थी। जो दस बच्चे रेस में आगे आएँगे उन्हें वे अपनी बाँहों और सीने की लोहे की मछलियों से खेलने देंगे और दो-दो की जोड़ी में फिर अपने

हाथों को सिर पर बाँध के बनाए झूले पर आजू-बाजू लटका के ज़ोरों से फिरकी बन नचाएँगे ! ढेरों बच्चे भागे, पूरे ज़ोर-शोर से, रेडी-स्टेडी-गो पर चीखते हुए और एक के बाद एक मेरी बगल से निकलते गए।

दस में एक होना क्या मुश्किल है, मैं भी भागा था।

लपकती भीड़ आगे देखकर ज़रा सकपकाया होऊँगा। धीरे-से सिर पीछे घुमाया होगा कि देखें कितनी भीड़ पीछे दौड़ रही है।

एक अकेला परेश दूर से फुदकता चला आ रहा था ! मैं पलटकर उसकी तरफ दौड़ गया।

हम दोनों हँसे होंगे। कहा होगा उसने सब मेंढक हैं। जाना होगा मैंने रहने दो यहाँ की रेस-वेस, हम तो वहाँ की दौड़ को दौड़ मानेंगे, जहाँ के होने को हम हाँगकाँग में पैदा हुए हैं, बस टाइम-पास करके ज़रा और बड़े हो जाएँ !

जो जीवन है वह नकली है, जो होगा और हो सकता है वह असली है !

हँस नहीं रहा अपने पर, रो रहा हूँ इस छल पर जो मुझे ग़लत गर्भ ने धारण कर लिया और कितने रौशन मेरे जन्मसिद्ध अधिकारों से अलग कर दिया। कोई कहता नहीं, आप ही ऐसी प्रतिध्वनि कान में पड़ जाती है, कि हुआ था ऐसा, नौ महीने फूलता गया था पेट ललना का और एक बच्चा फिर भी कोई नहीं जानता कब हाँगकाँग से आकर इस घर में बढ़ने लगा। जिसकी माँ चच्चो है ललना नहीं, मेरे मन में गूँजता रहता है। या गूँजना चाहता है ?

तब मैं फिर याद करने लगता हूँ उस जीवन को, मेरे छत के बचपन को जो नकली था पर मान्य और मज़ेदार क्योंकि मेरे असली आनेवाले विलायती जीवन की फ़ुटबॉल मेरे साथ थी हर घटना में भीतर ही भीतर ऊँची-ऊँची उछलती।

हम नहीं छेड़ते थे, छत ही उछालती थी शायद, सबके सपनों को प्यार की किक मारती। छत को लपेटती पेड़ की डालियाँ बढ़ आतीं और पत्ते मस्तियाए कूद पड़ते कि जैसे पेड़ों से क्या लटके रहें जब छत पर लुढ़कते सपनों के संग घुसा जा सकता है ! पूरा का पूरा आकाश छत पर छितरा जाता।

आप छत पर खड़े हों और आपके पीछे बस ऊँचे पेड़ों की ऊँची नोकें हों और आपके चारों ओर बस आकाश हो तो आपका बचपन भी असली और नकली को परे ढकेल, स्वप्न की तरह, कहीं भी कभी भी, बिना व्यवधान के बढ़ता चलेगा।

आसमान हो ऊपर और छत पाँव तले तो कौन सा बन्धन अटूट ? ग़ालिब न कह पाता इश्क़ पर ज़ोर नहीं अगर दिल्ली और आगरा की छतों से तराबोर न जी रहा होता। और दादियाँ फिर कहाँ जाड़ों की गुनगुनी दोपहरियों में हड्डियों को सेंक देतीं ? कहाँ होते वह तसले में कंडे जिनमें बाटियाँ पकतीं ? कहाँ भड़भूजे की जलती रेती जिसमें बाजरे की छालियाँ और बूट और मटर की फलियाँ भुनतीं और बच्चो की टोली संयम से खड़ी विस्मय से देख रही है कि जैसे सृष्टि का राज़ खुल रहा है, भुनी-भुनी प्यारी महक फैल रही है उस राज़ को और खोलती इसलिए कोई बच्ची बेहयाई से उछलती नहीं, शान्ति से खड़ी है, अपने अनजाने वह कविताएँ गुनती जो वह बरसों बाद कहेगी।

छत का जादू ऐसा कि बगलों में बाल आएँ उससे पहले लेबरनम हाउस के लड़कों को औरत के बदन के जुग्राफ़िए में रुचि हो जाती। आसपास की अधेड़-उम्रा बुआ-ताई-मौसी छत पर ऊँघती कहतीं गोड़ दाब दे बेटा तो उनके पलटे शरीर पर उन्हीं की छड़ी को थामे चलते लड़कवे हैरान हो मादा नितम्बों के बीच की खाई की गहराई जाँचना चाहते। मेरे साथी परेश ने सुमि चाची को, अपना पाँव बीच में लगा त्यों नापना चाहा तो जो टँगड़ी पड़ी, सीधे अपने बाप की अदालत में खुद को पाया। छत पर हम सब उस बाप का दिया मन्त्र छेड़छाड़ में दोहराने लगे कि बेटा भूल मत, मनी गोज़ नथिंग गोज़, हेल्थ गोज़ समथिंग गोज़, कैरेक्टर गोज़ एवरीथिंग गोज़।

मगर जो न जाने वही मूढ़ कि छत पर एनीथिंग गोज़ एवरीथिंग गोज़। ऊँच और नीच, भेद और भाव, किसका पति, किसकी पत्नी, सबकुछ गोज़।

मतलब कुछ भी होज़ !

छत क्या लड्डू-पेड़े की बनी है, चाचा पूछते पूछना और मैं मासूमियत से पूछता बिना उनका नाम लिए।

"धूप-छाँव की," ललना कहती, "दिन में।"

"अँधेरे-उजाले की," चच्चो कहती, "रात में।"

जैसे सारी सम्भावनाएँ इतनी सी बात में समा गईं फिर !

चींटियों के काफ़िले बने औरतें, बच्चे, नौकर, नीचे बिलों से निकलकर छत पर जमा होते तो कभी थमना नहीं चाहते। फूलबड़ी, साबूदाने के पापड़, और और बड़ियाँ, और और पापड़ों पर सवार औरतों की गप्पें और चूड़ियों की खनखनाहट और खिसकते घूँघट। नौकरों को अलग पड़ी होती कि आसमान में गीले कपड़े टाँगकर बीड़ी सुलगा लें, ज़रा गुटखा फाँक लें। हम बच्चों की कुलाँचें अलग, हम तरुणों की उच्छृंखलता अलग।

घर के बड़े मर्द मालिक ही थे बस, जो काम-धाम से लौटकर छत पर आते तो सही पर बड़े संयम से, बड़े मक़सद से ! कभी बस रातों में सोने ! न औरतों की उतावली, न नौकरों की काहिली, न बच्चों का बचपना, न युवकों की मांसल चोरियाँ। बड़े सयाने। आकर कभी ऐसे भी देखने लगते कि भूले से ज़नाना में चले आए हैं जहाँ तब आना था जब नौकर-चाकर साड़ियाँ तानकर पर्दा खींच देते !

चाचा को भी छत में कुछ लज़ीज़ नहीं लगता। जिन्हें लगता उनका उसे वह निर्दोष लड़कपन मान छोड़ देते जैसे मेरा, नहीं तो हिक़ारत से उद्दंड चित्त की निशानी कहते जैसे ललना का।

चच्चो को वह कहते, फ़ालतू में ऊपर मत जाना, समय की बर्बादी है और बहुत दिनों तक सोचते भी नहीं कि जाती होगी फ़ालतू में।

नौकरानी ही समझो उन्होंने सुझाया जब उन्हें लगा कि छत चंचल हो रही है। ललना के बारे में। जो बदनामी का चटपटा ज़ायका होकर लेबरनम हाउस को उकसा रही थी।

ज़ायका इससे भी बढ़ा कि ललना सुन्दर कहलाने लायक थी।

यह वाली नहीं। लपधप बनी यह वाली ललना नहीं जो जहाँ बैठती है फैल जाती है खमीरे आटे की तरह।

मेरे कमरे के बाहर खँखारती है।

ज़रा ही देर में फिर खँखारेगी।

यह ख़राश नहीं है। यह संवाद है।

संवाद है—मैं हूँ।

वह बता रही है मुझे, मैं हूँ हूँ हूँ मैं हूँ ! सुना रही है, देखो कितना लिहाज़ करती हूँ तुम्हारा, अन्दर आकर, कुछ खटर-पटर करके, कुछ बोलकर तुम्हारे काम में, आराम में, ग़म में, खलल नहीं डाल रही। बता रही है, देखो कितना मान देती हूँ तुम्हें कि जो भी तुम कर रहे हो, काम का काम या बेकाम का, तुम्हारा हक है, जिसकी मैं इज़्ज़त करती हूँ।

यह भी जता रही है कि जानती हूँ मैं कि तुम चच्चो के हो मेरे नहीं फिर भी मुझमें शील ही है, विनय ही।

मैं दरवाज़ा एक झटके से खोल देता हूँ।

वह ऐसे देखकर फिर जो कर रही है उसमें रत हो जाती है जैसे मैं ही उसे डिस्टर्ब कर रहा हूँ, वह बड़ी व्यस्त है ! वह नीबू से चच्चो के मुरादाबादी तश्तरी, सुराही, पीतल के एन-शैन रगड़कर चमका रही है। उसकी नाक पर नीबू का लिसलिसा रेशा लग गया है जिसके पास वह तिल है जिसे चच्चो की नकल में मैं मक्खी-मक्खी चीखता अख़बार से मारने दौड़ता।

नीबू का गूदा नीला हो गया है और चच्चो की साड़ी से, जो वह नियमित पहन रही है, खटास की महक उठ रही है।

पिछले किसी दिन मुझे सुनाने महरी से बोल रही थी बहुत गर्मी है, यहाँ सोचा था बरसात अभी चलेगी, नायलौन चलेगी, पर अब तो गुज़ारा नहीं, क्या

करें सूती के बिना, बहनजी की निकाल ली हैं तब तक।

साड़ियाँ।

जैसे और बहुत कुछ जिसका हिसाब अब कौन करेगा, मैं उदास हो उठता हूँ। बिगाड़ा तो चच्चो ने उसके लालच को हवा देकर। सौदा-सुलफ़ लेकर लौटती ललना तो इतना भर कहती, पसीना ऐसा कि रिक्शे में बैठो तो सलामत, उतरो तो प्रेस चौपट, जैसे रिक्शे से नहीं घड़े से घुचे-मुचे निकल रहे हैं ! यह तो है सूती की चाल, वह अपने मज़ाक पर हँसती। या अपनी चाल पर जो सूती से बेहतर थी ! चच्चो थी कि उसे नायलौन शिफ़ौन की साड़ियाँ खरीदने को पैसा दे देती। ज़बर्दस्ती क्यों करती हो, हो बड़ी जिद्दी बहनजी, ललना कहती।

लालची की लाचारी !

यह भी एक हुनर है इन लोगों में। कभी कुछ जो माँगें किसी से। मोटा-सा इशारा हवा में तैरा दिया और सुनकर आप खुद ही वह चीज़ देने की ठान लें तो इसका वह क्या करें !

ठंड लग रही है, दाँत किटकिटा दिए, यह शॉल बहनजी हल्का निकला, लूट लिया दुकानदार ने, पैसे भी खत्म सारे। चच्चो हैं कि अपमी जामावार, पश्मीना, फुलकारी सब बारी-बारी से निकालकर उसे ओढ़ा देगी—मैं पहनती कहाँ हूँ, जाती कहाँ हूँ कि पहनूँ, ये ले आते हैं हर बार कोई नई चीज़, मुझे बस यही चाहिए, खूब गरम है, हर चीज़ पर चलती है।

चच्चो का एक काला शॉल, ललना की नित नए रंग की !

यह मुझ पर अच्छी लग रही है बहनजी, तुम पहनो न, तुम पर और फबेगी, हाँ सही कहती हो इसे ओढ़ के गाल गुलाबी लग रहे हैं, पर पहनो न, अन्दर पड़े-पड़े चूहों से कुतरवा दोगी।

कोई भी शरीफ़ थमा देगा कि लो, चूहे क्यों तुम ही कुतरो !

माँगा कभी नहीं ललना ने उलटे बिगड़ने को पड़ी चीज़ को लेकर उसका उद्धार ही किया इसलिए उसे क्यों, हमें ही अहसानमन्द होना चाहिए !

वह फिर खँखारती है। मैं हूँ, याद दिला रही है। तुम्हारी देख-रेख करने में अपना काम, समय, जीवन, झोंके दे रही हूँ।

यह गले की ख़राश नहीं है, यह आह है—हाय अजीरन ज़िन्दगी कितना ग़लत समझा मुझे !

कहीं महान त्याग की तैयारी तो नहीं—कि अपना जीवन त्याग के मेरे लिए, मेरे जीवन में आजीवन बस जाए ?

खँखार फिर उठी है।

अबके मेरे गले से।

यह खँखार नहीं, घिग्घी है डर की !

डर गई थी चच्चो भी।

वह लड़की जो, जिस वक़्त प्रेमानन्द जी और उनके बच्चों के कपड़े नहीं धो-प्रेस कर रही होती उनकी पुरानी किताबों से सबक रट रही होती, फिर कह सकती है मैंने तो नहीं माँग की कि आओ छत पर मुझसे मिलने। मैं तो बस आँगन में खड़ी रो रही थी। रोना आए तो रोऊँ भी नहीं ?

"एक दिन नहीं कर रही थी नकल," चच्चो ने बताया, "बस आँगन में खड़ी रो रही थी।"

जी पहले चाहा होगा कि वह भी रोनी सूरत बनाकर ललना को चिढ़ाए पर वह इधर देख कब रही होगी ? दिन पर दिन और शोख़ और शरीर और जाँबाज़ खेल को भूल वह आँसुओं की झड़ी लगा रही थी।

"क्या है," चच्चो ने हाथ हिला-हिला के ललना का ध्यान आकर्षित करना चाहा।

ललना ने देखा पर अनदेखा कर दिया। पाँच सौ एक की पीली साबुन की लम्बी बट्टी कपड़ों पे रगड़ने में मानो सारा ध्यान जा रहा है।

चच्चो और अशान्त हुई होगी। रो-रोकर कपड़े धोती लड़की का सुबकना दर्दीली तानों सा साबुन के झाग से फूटने लगा।

"मैं डर गई," चच्चो बोली। वह डरने लगी—यह लड़की और ऐसा रोना ?

"मैं भी रोनेवाली हूँ," उसे लगा। जैसे नक़ल के खेल की आदत में अब भीतर भी शामिल हो गया हो !

"पता तो चले जी," उसने झटके से सोचा जब ललना को निचुड़े कपड़े डोलची में लेकर छत पर जाते देखा।

चच्चो भी अचार का बयाम लेकर छत पर जा पहुँची।

पहला प्रोग्राम !

"हुआ क्या...ऐसा करा...पजामे में क्यों बाँधे अखरोट...वह भी साबुत... दिख ही जाएगा...हाय ऐसा उनका भतीजा...शादीशुदा और यह रंग-ढंग..."

खुसुर फुसुर खुसुर फुसुर।

पहला प्रोग्राम।

फिर दूसरा। फिर निरे। फिर कोई रोक नहीं।

खड़ी है सत्रह साल की चच्चो खिड़की पर, निकले वह बातोंवाली। अब मूक इशारे काफ़ी नहीं। भर-भर बातों की तलब।

"निकल किसी तरह से ऐ मरी !"

दरवाज़े की खट।

प्रेमानन्दजी के पोते की ट्राइसिकल खींच रही है।

फँसा पहिया खम्बे में।

पीछे किया, निकाला।

आगे बढ़ी।

सँभालकर बरामदे से आँगन में उतारा।

नल की तरफ बढ़ी।

नल के नीचे साइकल करके नल खोल दिया।

पानी उछला।

ललना उछली।

पाँयचे मोड़ लिए घुटनों तक।

झुकी है।

दो मोटी चोटियाँ दोनों तरफ झूल रही हैं।

कुछ याद आया।

सिर ऊपर किया।

नज़र खिड़की पर गई।

चच्चो को देख लिया।

हँस दी।

"प्रोग्राम ?"

"प्रोग्राम।"

दोनों लड़कियों की वही एक उमंग।

चच्चो बच के जाती और ईंट के नीचे दबाकर प्रोग्राम की पर्ची छोड़

आती। "रात बारह बजे भर्ता-रोटी।"

ललना अँगीठी सुलगाती। चच्चो बैंगन में छेद करके लहसुन की लवें घुसेड़ती। छत के एक अँधेरे कोने में तड़-तड़ बैंगन भुनता।

"हाय-हाय कैसे तड़प रहा है," लड़कियाँ उसे झुलसते देख फुसफुसातीं।

उसे मसलकर हरा मिर्चा, नून-तेल मिलातीं। रोटियों में लपेटकर एक दूसरे को खिलातीं। छत की डोलती छायाओं में तिरोहित हो जातीं।

"बोर मत कर," परेश ने बरसों बाद मुझे दे मारा मुक्का, "इन प्रोग्रामों की कह के।"

उसे दूसरी बातें पता थीं।

लेबरनम हाउस में प्रोग्राम की जितनी पर्चियाँ उठीं उतने ही दावे जो उठे कि ललना को देखा जाता है छत पर मर्दों से छिप-छिपकर मिलते ! हर बार नया आशिक़। चाचा भी पहचाने गए हैं।

बेटों को सँभाल के रखो, नसीहतें दी जातीं।

अँधेरी धुँध में दिखे नहीं पर सुनाई पड़े—मर्द ने पूछा, 'यहाँ' ललना बोली 'यहाँ ठीक है,' मर्द बोला, 'और यहाँ' तो ललना खिलखिलाई, 'यहाँ भी ठीक है,' मर्द का स्वर और शरारती हुआ, 'और यहाँ ?' 'ऊँ', ललना कुनमुनाई, 'बस इससे आगे नहीं भटके आपका हाथ।' "फिर वह चीखी," परेश हाँफने लगा, 'अई मारूँगी छोड़ो न' और मर्द ज़ोर से हँसा और एकदम से दोनों ज़्यादा ही चुप हो गए !"

"बोलो क्यों," परेश बोला।

"बोला क्यों," मैं बोला।

"सोचो क्यों," वह बोला।

मैंने सोचा और चुप रहा। जब दोस्त को अपनी ही बात में दिलचस्पी तो क्या टोकूँ ? यही काफ़ी था कि वह दोस्त था और उसके संग ललना की बदनामियाँ मुझे नहीं पोत देतीं।

कुछ लोग होते ही हैं ऐसे, पर मैंने परेश से नहीं कहा, जो अपने दिखने में छिपे रहते हैं। धड़ल्ले से छत पर निकल आनेवाली ललना सबके आगे से निकलती और लोग नहीं जान पाते। जहाँ थी वहाँ वह अदृश्य हो जैसे और जहाँ-जहाँ नहीं थी, वहाँ दिखती रहती !

"तो फिर क्या चिन्ता मुझे," ललना किलकती, "कथरी पर पड़ी सोती रहूँ तो भी वहाँ नहीं न, इसकी गोद में, उसकी कमर से लिपटी ही दिखूँगी ? तो क्यों न चलूँ रुम झुम रुम झुम ?"

चच्चो को किसी ने नहीं देखा। भले घर की भली लड़की, हाँगकाँग में कमाते सम्पन्न पति की पत्नी, शान्त, सौम्य, सहमकर रहनेवाली, रातों में घर के अन्दर के सिवा कहीं न हो सकनेवाली, वह उनमें नहीं जो लम्पट अँधेरों में दिखें। जब मन में ही ऐसी बात नहीं आ सकती तो उसे कौन देख सकता है ?

"सिर्फ छत," चच्चो कहती।

"छत हमारी," ललना कहती।

जो दोनों लड़कियों के नीचे बिछ जाती है और सितारों को उनके बालों में भरना चाहती है। लड़कियाँ जान जाती हैं हवा पंखा झल रही है। लड़कियाँ बाल खोल देती हैं। छत आसमान को बादलों से मथती है तो ढेरों सितारे नीचे छत पर उन लड़कियों पर झर जाते हैं। लड़कियाँ एक दूसरे को सबकुछ बताती हैं, सबकुछ जो बस लड़कियाँ एक दूसरे को बताती हैं।

दोनों को साथ कोई नहीं देखता क्योंकि एक को किसी और के साथ देख रहे हैं और एक को देख ही नहीं रहे सिरे से।

लड़कियों ने चप्पल उतार दी हैं। वे नंगे पैर छत पर बढ़ रही हैं। उन्होंने हाथ पकड़ रखे हैं। चलते-चलते वह मोहल्ले के छोर पर पहुँच गई हैं, घर नीचे छूट गए हैं, मालिक-मालकिन पीछे रह गए हैं !

यह उनकी दुनिया है। वे कस के एक दूसरे को थाम लेती हैं कि कहीं अपने दोनों की बस, इस निर्बन्ध सल्तनत में खुश होके गिर न पड़ें ! छत हँस देती है और लड़कियाँ अपने पैरों में पड़ती जुम्बिश पर थोड़ा डर जाती हैं।

"एई, पौ फटने तक यहीं बैठी रहें ?" ललना कहती।

वह वाली ललना। जिसको चच्चो की सहेली होने के नाते मैं कभी-कभार की झेंप के बावजूद अपने से जोड़ने को तैयार था।

बहुत दिनों तक बच्चों का अतीत नहीं होता। इसलिए बहुत दिनों तक बिना अतीत का कोई और भी उन्हें परेशान नहीं करता। जो सामने है वही पूरी कहानी है।

पर कहानी तो पीछे भी है जहाँ हम देख ही नहीं रहे। दाएँ भी है, बाएँ भी है। हम बीचोंबीच हैं और हर तरफ है कहानी, कुछ इतनी ही दिखती, कुछ उतनी ही।

और वह कहानी जो हमारे अन्दर है...?

मैं बताना नहीं चाहता। अपने अन्दर उस कहानी को छिपाए रखना चाहता हूँ। उस कहानी में तिरोहित छवि को मैं गाड़ देना चाहता हूँ। रहने दें पड़ा उस भतीजे को जो हाँगकाँगी चाचा का भतीजा था और सपने-सपने में बड़ा हो रहा था कि बालिग़ होते ही हवाई जहाज़ पर उड़ जाएगा अपने देश विलायत जहाँ का नागरिक होना उसका जन्म से अधिकार है।

यह नहीं हो सकता क्योंकि यह ग़लत था कि हाँगकाँग में पैदा होनेवाले बिना व्यवधान विलायती मान लिए जाते हैं। यह चाचा ने उसके संग मज़ाक़ किया और लेबरनम हाउसवालों ने अज्ञान में या जानबूझ के उस मज़ाक़ को उसका सपना बनने दिया।

यह इसलिए भी नहीं हो सकता था क्योंकि उसे जन्म दिया एक अनकहे मगर लांछित अतीत वाली औरत ने।

पर मैं नहीं कहना चाहता, नहीं खोलना चाहता अपना चिट्ठा। मैं दूर हो जाना चाहता हूँ उस भतीजे से जिसके विशाल विराट सपने के आगे मैं हारा हुआ बौना हूँ। मैं लौट जाना चाहता हूँ बस अपनी चच्चो की गोद में जहाँ

हैट पहन लेते।

वह अकेले पीते थे और अक्सर देखते भी नहीं कि चच्चो धोकर, इस्त्री करके, उनकी कमीजें रखने आई है। "किधर हो, आओ जी," चाचा कहते अगर चच्चो पर नज़र पड़ जाती। चच्चो जाने को मुड़ जाती पर वह हँसकर उसका हाथ खींच लेते।

"गठरी-मुटरी सी क्या बैठी हो जी," कहते, और चच्चो को यों उठा ज्यों गठरी नहीं वह गुड़िया हो, ऊँचे तख़्त पर बिठा देते जिससे उसके पाँव ज़मीन से ऊपर झूलने लगते।

फैले कमरे में वह और असबाब तब फैलाते। ढेरों साबुन की टिकिया और मंजन के ट्यूब सन्दूक से निकालते और चच्चो को सुँघाते और उसकी गोद में और उसके आसपास गिराते जाते मानो उनका पहाड़ बनाना हो जिसमें चच्चो जड़ दी जाए। नायलौन, डैक्रौन के रंग-बिरंगे थान उसके जिस्म पर फिसलाते डालते और चच्चो चुप साधे रहती जैसे हैट पहनकर हँस-हँस खेलता यह प्राणी वह खिलौना है जो जब तक चाभी चलेगी कुट कुट कुट कुट उसमें भरी क्रिया करता रहेगा।

"चलोगी...ले चलूँगा...हाँगकाँग...आगे इन्डोनेशिया...फ़िजी..."—स्वप्नों की मोरपंखियाँ चाचा उसे एक-एक कर पकड़ाते जाते।

वह पकड़ती जाती, आँखों में कौतुहल आने लगता, देखती अविश्वास से तस्वीरें जो चाचा उसे विदेशी पत्रिकाओं से दिखा रहे होते जिनकी कतरनें वे बाद में सोने-चाँदी की तरह सहेजकर सन्दूक में रखने लगे। "हैं ऽऽऽ," चच्चो के कुछ मुँह में रह जाता, कुछ निकल आता।

सुबह तक चाचा भूल जाते।

चच्चो का चाँटा भी भूल गए।

जो उसने किसी रात उनके देर तक ठिलठिलाने पर दे मारा। चच्चो ने बोतल आँगन की तरफ मारी और उसकी चकनाचूरती आवाज़ पर हैरान खड़ी रही। चाचा एक गाल पर हाथ रखे हैरान खड़े रहे फिर बिखराव ज़रा खिसका तख़्त पर सो गए।

अगले दिन उन्होंने पूछा था, "क्या तुमने मुझे कल मारा ?"

"नहीं तो," चच्चो ने कहा और दोनों आँगन में फैले काँच के चूरे को देखने लगे।

चाचा जूते-मोज़े पहनकर फिर पैकिंग में व्यस्त हो गए, मैं सोचने लगा। जैसे कि मैं वहीं था !

हाँगकाँग पहुँचते ही क्या वे इसी तरह यहाँ आने की तैयारी करते रहते ?

शायद हमें एक जगह जीना नहीं आता। शायद हम हमेशा तैयारी करते रहते हैं किसी सफ़र की और सफ़र के आगे वहाँ के जीवन की, जहाँ पहुँचकर फिर तैयारी करेंगे सफ़र की और अगले पड़ाव की।

क्यों, जीवन वही जिएँगे जो बाद में आएगा ? मैं फिर छत पर चला आया हूँ मानो जान जाऊँगा किस भावी जीवन की तलब में चच्चो यहाँ आती थी।

कुछ फ़लसफ़ाने अन्दाज़ में बुर्ज और मीनारें खड़े हैं जैसे गहरे सोच में निश्चल। मेरे देखते ही देखते सामने एक लंगूर भटक आया है। ऊँचे बुर्ज पर अकेला बैठा उसने पीछे के सलेटी आसमान को गुमसुम बना दिया है।

अचानक वह कूद पड़ा है। मानो अनन्त में।

मेरा कलेजा उछल गया है। लंगूर आँखों से लुप्त है पर असीम में छलाँग का वह पल चित्र-सा अंकित हो गया है।

महीना बची-खुची बरसातों का पर बारिश दूर-दूर तक नहीं। चिप-चिप है हवा में, पर गरम-गरम सूरज भी।

फिर भी मैं दिन में भी छत पर निकल आता हूँ। इतनी गर्मी कि डामर पिघल रहा है और मेरा बदन दहक रहा है। कभी साया खोजता हूँ, कभी जलने देता हूँ धूप को ऊपर।

दिन में छत खासकर बदली हुई लगती है। अब तो लोगों ने बल्लियाँ लगवाकर छत में बँटवारा शुरू कर दिया है। और कुछ नहीं तो गमलों से बाउंडरी बना दी है। अपने अलग घरों में बैठते लोग आराम के बजाए आक्रामक से बैठते हैं, जैसे चेहरों पर तख़्ती लटकी हो—'नो ट्रेसपासिंग !' उतनी ही आक्रामकता से घेरे के बाहर से लोग झाँकते हैं कि जैसे क्यों छोड़ें, नहीं छोड़ेंगे !

हम ऐसे न थे। रोशनदानों से नीचे झाँकते थे पर खुले में बैठे अलग किस्म के लोगों के अदृश्य घेरों की बगल से बाइज़्ज़त निकल जाते। तब बाउंडरियों की ज़रूरत नहीं थी—सबको मालूम था अमतलास की छत्री के नीचे जोड़े होंगे, महापालिका की अल्मूनियम की टंकियों के पीछे रोमान्स होते हैं, खुश रहो, पर रहने भी दो।

अब लोगों की अपनी अलग प्लास्टिक की टंकियाँ हैं। पानी की, जो रोमान्स के लिहाज़ से छोटी हैं। बात छिपने की उतनी नहीं है जितनी छाँव और टेक के सटीक रचाव की है।

पेड़ भी कटे हैं, तो पत्तियों की घंटियाँ नहीं बजतीं, धूप-छाँव के झूले नहीं झूलते।

डालियों की जगह टी.वी. के एन्टेना ले रहे हैं !

एन्टेना बाग में मैं देर तक सैर करता रहा। जो एन्टेना एकदम टूटने को थे उन्हें भी तार की गुलझटी बना के किसी तरह गिरने से रोक रखा है। दूध-

फल पर कटौती करके टी.वी. खरीदे गए हैं, तो एन्टेना बचाए रखना ही है !

कड़ी धूप में छत पर नौकर-चाकर ही आ रहे थे! बल्कि नीचे ज़्यादा लोग आ-जा रहे थे, स्कूटरों की आवाज़ बता रही थी। अब तो बहुतेरी महिलाएँ भी ड्राइव करती हैं।

जब ललना ने चाचा का स्कूटर ड्राइव करना शुरू किया तब चच्चो के अलावा कोई खुश नहीं हुआ। मैं भी देखता तो गुस्सा नहीं रोक पाता। तमाशा हमारा भी तो बनता है।

मेरे गाल तप रहे थे। मैं टंकी पर खड़ा हो गया जहाँ से सड़क दिखाई पड़ती थी। बरात निकलती तो मैं दौड़ा आता। चच्चो भी।

उसे ललना खींच लाती।

फूलों में सजी गाड़ी या घोड़ा। दूल्हा कहाँ है ? फूलों के पीछे। नाक पकौड़ा होगी जो सेहरे में छिप नहीं पाई ! क्या शानदार मुकुट है ! चेहरा दिखा ? कहाँ ? कैसा है ? वह है।

जैसे कोई लोकप्रिय सितारा हो।

दशहरे की चौकियाँ निकलतीं। चच्चो और मैं दौड़ आते।

ललना भी।

इलैक्शन की रैली। लाउडस्पीकर पर चिल्ला-चिल्ला के वोट माँग रहे हैं।

प्रधानमंत्री की विज़िट।

घर ख़ाली हो जाते। छत पर सब निकल आते और जिस तरह उसके किनारों-कोनों पर खड़े हो जाते, समझो कि लेबरनम हाउस का नक्शा बना दिया। जैसा गणतन्त्र दिवस पर हम स्कूल में भारत का बनाते, पीटी ड्रेस में देश बनकर खड़े !

जब चच्चो की अर्थी निकली होगी तब भी बच्चे-कच्चे यहाँ दौड़े आए होंगे।

पर हम नहीं। चच्चो और मैं नहीं।

ललना भी नहीं।

बेचारी, लोगों ने कहा होगा। बड़ी अच्छी थी, कहा होगा। पिछले जन्म में इसके पति ने कोई पुण्य किया होगा जो ऐसी सहनशील पत्नी मिली, कहते ही हैं। बेचारी, बार-बार कहते हैं। पति की डली औरत को विधवा होने के बाद भी देखो कैसे दया से रखा। विधवा बेचारी गई, कहा होगा। मुर्दा जा रहा

से निजात थी ही। हाथों पर लगी चटनी, आटा, स्याही, ग्रीस-ऑयल, साबुन का फेन, जो-सो, अपने कपड़ों पर पोंछते लोग, छत पर निकलने लगे और कुछ पल को सही, कितनी मिली-जुली खुशबुएँ एक संग उठी होंगी।

रामनगर की रामलीला हो गोया कि मंच बदलता जाए और देखनेवाले मीलों फ़ासले तय करते साथ-साथ जगह बदलते जाएँ।

लेबरनम हाउस में मीलों नहीं पर खिड़कियों, रोशनदानों से छतों छज्जों तक। जहाँ लीला, वहाँ रेला !

कहते हैं चेहरे सबके गम्भीर थे। सिर्फ़ एक बच्चा ललना की तरफ इशारा करके मजमे की चुप्पी को तोड़ बैठा। ललना नहीं, उसके हाथ में अधछिले केले की तरफ इशारा करके। "खाऊँगा," उसने मुँह फाड़ा तो उसकी माँ ने नज़र बिना सामने से हटाए उसे जो चपत दी कि वह लड़खड़ा के गिर पड़ा और बैठा रहा।

रेला इस छत से उस छत बढ़ा, ललना बरामदे से आँगन में लुढ़की।

चच्चो ने ज़ीने का दरवाज़ा खोला और छत पर। अबके वह चढ़ी ही थी नंगे पैर। भीड़ ने उसे तीर की तरह निकल जाते देखा। आगे और आगे, सीधे उस दरवाज़े पे, जहाँ से ललना आया करती थी उससे छिप-छिप मिलने, गई नीचे चच्चो और देखा भीड़ ने कि एक तमाचा लगा के प्रेमानन्दजी के भतीजे को, ललना की तरफ मुड़ी।

मुड़ी भीड़ वापस ज़ीने के दरवाज़े पर जहाँ चच्चो ललना को अड़ियल टट्टू की तरह खींचती ला रही थी। ललना के हाथ से वह अधछिला केला छिटककर छत पर गिरा तो वह लड़का उठ बैठा, जो अब तक चुप पड़ा था।

चाचा नाड़ा बाँध चुके होते तो मुमकिन है वह पल इतना पंगु पल न होता। जब अधबीच टट्टी से भागे आए चाचा पजामे को गिरने से सँभालने की फ़िक्र में अपना हाथ ललना को धक्का देने के लिए उठा नहीं पाए।

पजामा फिसलते देख क्या चच्चो का हौसला यूँ बढ़ गया कि फिर जब भी वह चाचा के सामने पड़ी वैसी ही तन जाती जैसी उस दिन ? वह आँधी का बौखा लाती कि राह में लटकी रस्सी की तरह चाचा उसे देख एक तरफ झूल जाते। और चच्चो सतर निकल जाती कि पल-भर पहले जो वहाँ खड़ा था उसे यों काटकर निकल गई !

निकल क्या गई, निकल ही गई ! चाचा को काट के क्या, वे तो थे नहीं, ललना को काट के नहीं, वह भी तो नहीं थी, जब चच्चो निकल गई हमेशा के लिए। बस मैं था तब और चीरती हुई मुझको अबके निकल गई चच्चो।

मैं जहाँ हूँ वहीं ठक् खड़ा हो जाता हूँ।

ठक् नहीं ठगा, चच्चो की मौत-भरी चाल पर जो अब हर दिन पिछले से ज़्यादा मुझे दुखा रही है।

चच्चो की मौत में क्या था ? कुछ भी तो नहीं। उस दिन और दिनों से कम अकेला था मैं ! बर्फ़ की सिल्ली पर सफ़ेद चद्दर और गेंदे के फूलों में गुँथी पड़ी चच्चो थी मेरे पास। जहाँ मैं बैठा था उसके दोनों पाँव सटे, हाथ बने, बराबर मुझे आशीर्वाद दे रहे थे। जब चाहूँ चद्दर हटाके ठंड से नीले पड़े उनके रंग को रगड़ के फिर ख़ून की गरमी दे देता।

ढेरों लेबरनम हाउस के लोगों की व्यस्तता थी जो उसकी बात कर रहे थे।

मौत के बाद तक चच्चो रही—उसकी चिर-परिचित छवि रही।

जो फिर रुई के फाहे सी उड़ क्यों गई ?

उस एक छवि के जाते ही कुछ हुआ। हर दिन उसकी नई-नई, बीती हुई छवियाँ आती गईं और क्यों है कि जितनी ज़्यादा छवियाँ, उतना मैं दूर, अकेला होता गया।

हर दिन पहले से ज़्यादा मुश्किल।

हर दिन एक नई छवि।

हर नई छवि एक और लुप्त सम्भावना।

यह हो क्या रहा है ? ऐसा तो नहीं कि जो मुझे तब न दिखी अब दीख रही है ? देखने का यह कैसा भयानक पहलू है जो मुझे दोष दे रहा है कि

मैं बहुत दूर होता जा रहा हूँ और देखने लगा हूँ उस भतीजे को जो मैं था दो युवतियों के बीच अदृश्य-सा मँडराता। ज़िद भी लाड़ भी।

उनकी मस्ती अनजाने ही उसे खींच रही है। उनकी खुसुर-फुसुर में चुप ही सही, वह भागीदार है।

"बीच में ही क्यों चलना है," ललना चिढ़ाती।

चच्चो प्यार से भतीजे के सिर पर हाथ फेरती।

"बीच में जगह नहीं है," ललना चच्चो से सट जाती।

"है," भतीजा धक्का मारता।

"पर मैं तो तुम्हारी चच्चो को तब भी जानती थी जब तुम थे ही नहीं," ललना अँगूठा दिखाती।

"पर पूछो, चच्चो ने तुम्हें गोदी में लिया, जब तुम इत्ती सी थीं," चच्चो भतीजे को गोद में उठाके जितवा देती।

"ठीक रे, मैं तुम्हारी कुछ नहीं," ललना रूठती।

"अच्छा, हो।" भतीजा मनाता।

"हैं ?" चच्चो गुदगुदाती।

"कम, कम।" भतीजा वापस लपकता।

सिर घुसाता किसी जन्तु की तरह, दोनों के बीच बिल बनाता। दोनों का बराबर का हिस्सा पाने या दोनों को थोड़ा-थोड़ा अलग करने ?

क्या तभी से मैं चाहने लगा दोनों को अलग कर दूँ, अकेले मन में ढीठ सवाल उठता है।

मैं छत पर चला आया हूँ जहाँ सूरज की बची-खुची किरणें मेरे चारों ओर खालीपन भर रही हैं। जिनमें पुरानी छवियों, नए सवालों को उभरने-धुँधलाने के लिए जगह ही जगह है।

मैं चौंक जाता हूँ। जैसे उन्हीं दिनों की तरह फिर भूल गया कि चाचा ने भेजा है—"बुला लाओ नीचे, मेरा नाम मत लेना।"

"ऐसी कौन सी बातें हैं जो छत पर ही होनी हैं ?" वे पूछते थे भतीजे से।

"ऐसी कौन सी बातें हैं जो छत पर ही होनी हैं ?" मैं पूछता था उन दोनों से बिना चाचा का नाम लिए।

धुँए-धुँए अँधेरे में दोनों औरतें बैठी हैं। भतीजे को बीच में करके अपने शॉल में समेट लेती हैं। क्यों रो रही हैं, हँस रही हैं, न उसे समझ आता है, न समझने का खयाल खाता है। टिमटिम सितारों सी उनकी आवाज़ में वह तो सो गया है, दूध-घी की उनकी गर्म खुशबुओं में भरक कर।

चाचा नीचे खड़े के खड़े हैं। सन्दूक से अनाप-शनाप निकाल के पलँग पर ढेरी बना रहे हैं—आई ब्रो पेंसिल, नेल पॉलिश, लिप्स्टिक, पर्स, घड़ी, नायलौन लेस की नाइटी, फ्रिलदार हाउसकोट, रेडियो ट्रांज़िस्टर, जूड़े में लगाने के प्लास्टिक तितली, फूल, पत्ती, लाइटर—कि जैसे रंगबिरंगा पहाड़ बन गया तो पुरानी एक गुड़िया खुद आ जाएगी उसमें ज़ड़ दी जाने को। उनके नीले गुलाबी पन्नी के गट्ठर तैयार पड़े हैं। उनके क़पड़ों में रेलवे स्टेशन की बास है जो कोयले से लिपटी उठती है।

वे कलकत्ता जाएँगे, फिर हाँगकाँग।

वे छत पर नहीं आएँगे।

"छत पर हम बातें करती हैं...वे बातें जो बस लड़कियाँ करती हैं...जो बस छत पर की जाती हैं...। समझे ?"

सपने में फुसफुसाहट।

भतीजा सो रहा है।

क्या मैं जाग रहा हूँ?

क्या मैं वो हूँ ?

क्या वो मैं था ?

मैं छत पर चारों ओर देखता हूँ।

इस लाइट में वह अजीब बेढब सी दीखती है। शायद बरसात के बाद की गर्मी में पपड़ाई हुई।

कुछ लोगों ने अपने हिस्से की अभी से पुताई करा ली है। पास के पेड़ों

पर चूने के धब्बे भर दिए हैं। अगले साल की बारिश ही उन्हें धोएगी। कौन-सी दीवाली की तैयारी यह ?

अचानक मुझे सब तरफ धब्बे ही दीख रहे हैं। दीवारों पर पुरानी सीलन के धब्बे, पानी की टंकियों पर कव्वे-कबूतरों की बीट, सीढ़ियों पर पान की पीक, पूरा लेबरनम हाउस कोढ़ी। खिड़कियों के बाहर लटकते टेलीविजन, टेलिफोन के तार और छत से ज़मीन पर उतरते पानी के ज़ंग-खाए लोहे के पाइपों में बेतरतीब बँधा-अटका।

ये भतीजे के लेबरनम हाउस की छत नहीं हो सकती।

भतीजे की छत तो पंख फैलाए थी मानो वही वह हवाई जहाज़ है जिस पर बड़ा होते ही वह विलायती बाबू बन उड़ जाएगा!

केवल इसलिए हँस दूँ अपने ख़्वाब पर कि वह शुरू से बेबुनियादी की नींव पर खड़ा था ? नींव किसने देखी ? नींव हमेशा ही किसी अनुमान से बनी होती है, अनुमान सही हो या ग़लत। मेरे अनुमान पर मेरे तरुण जीवन की उमंग-उम्मीद सब कायम थे।

पूरे लेबरनम हाउस में उन दिनों बस दो ही घर थे जो फ़ोरेन से ताल्लुक़ रखते थे, आज की तरह नहीं कि ऐरा गैरा नत्थू खैरा सब विदेश हो आया ! एक हमारा, जहाँ से चाचा का बराबर हाँगकाँग जाना होता और मेरा मन ही मन आगे उड़ जाना अपने देश विलायत ! दूसरा, मिस बोनीफिशस का, जो अंग्रेज़ों के वक़्त की ख़ालिस अंग्रेज़न थीं, अवकाश-प्राप्त इंस्पेक्ट्रैस स्कूल्स। उनके रोशनदान का शीशा टूटा था और सिर्फ़ मुझमें यह आत्मविश्वास था कि बाकी बच्चों से घिरा, दौड़ा जाऊँ और घुसेड़ के उसमें अपना लिंग, धार मार दूँ ! जिस पर उनका पौमेरेनियन कुत्ता चाभी-लगे खिलौने की तरह लपकता भौं-भौं रोशनदान की ओर, पर प्रशंसक टोली के संग मैं भाग जाता, छत के किसी और कोने में अपनी भी आँखों में अपनी कितनी इज़्ज़त लहलहाते।

छत के किसी और कोने में अपने ख़्वाबों की जादुई चटाई बिछाकर उस पर नवाब-विलायती की तरह लेटकर उड़ानें भरने।

"क्या कूड़ा ठूँस रहे हो तुम लोग इसके भेजे में," ललना डाँटती, "बहनजी, लगाओ इसे एक।" पर कभी नहीं लगानेवाली थी चच्चो मुझे एक और हिक़ारत से, जो शुरू में बचकानी थी, फिर सयानी होती गई, मैं सोचता सारे विलायत-पागल पड़ोसियों की तरह, है क्या इस देश में रखा—आलस्य, कपट, बदइन्तज़ामी ? कौन मर्द का बच्चा यहाँ रहना चाहेगा, मैं सीना फुला के सोचता।

मैं मर्द बन जाता।

जिस बनने से लटका ही रहता है औरतों का खयाल !

याद करता हूँ कमला को, जो मोहल्ले के दूर कोनेवाले घर में शनीचर को ट्यूशन देने आती और सोमवार की सुबह कहीं लौट जाती। परेश और मैं उसके कमरे के रोशनदान पर घोर रात में झुक जाते और वह लाल शेड के लैंप की रोशनी में अंग्रेज़ी संगीत की स्वर-लहरी में नाचती। 'फ़्लोर' का जितना हिस्सा हमारी नज़रों की ज़द में, वहाँ वह आँख-मिचौली के अन्दाज़ में, कभी कूल्हा, कभी सीना, कभी नंगी-नंगी बाँह लहरा देती। कभी कपड़ा सरका देती, कभी झट फिर ढँक देती। आती-जाती झिलमिली की लड़की !

एक वह भी थी जो कॉन्वेन्ट की पढ़ी-लिखी थी और गोरी थी और टंकी के पीछे मिलने आती थी।

"मुझसे शादी करना चाहती है," मैंने परेश को बताया।

"यार तू बाबू विलायती," परेश ने रश्क़ से टँगड़ी मारी, पर बददुआ से नहीं।

लेकिन...। अब उस किस्से को भी क्या दोहराऊँ ? टूट गई अपनी। वैसे भी मैंने पाया कि पहले-पहले का मज़ा उसके आदमख़ोर स्वभाव का मुझे बाद में अजीब लुटा-पिटा छोड़ देता। छत उसे कड़ी लगती और दे के एक पलटा वही मुझ पर लद जाती। क्यों, छत मुझे कड़ी नहीं लगेगी ? और लगता मुझे मैं ग़लती से उलट गया, औंधा पड़ा कॉकरोच हूँ जिस पर सवार कोई शक्तिशाली जीव, टाँगों की दबोच से उसे इधर-उधर, अधमरा करता, रेंगवा रहा है। वह दशा मेरी मर्दानगी को माफ़िक नहीं आती।

"ठीक है यार," परेश ने पीठ ठोंकी, "तुझे वाइफ़ चाहिए कि तवाइफ़ ?" जब हमारी टूट गई।

तोड़ी उसने पर हम मित्र मानते, मैंने।

उसकी याद सताती तो मैं सोना को पकड़ लेता, जो बगलवालों की खाट बिछा रही थी जब मैं कभी उधर से निकला था। गद्दे-चादर लहरा के उछाल, खोल, बिछा, तकिया सिरहाने रख हाथों से सलवटें हटा, उसने एक चोर नज़र दाएँ-बाएँ मारी थी और लेट गई मालिकों के बिस्तर पर। तब मैं सामने आया। कितना डर गई वह !

जब-तब मैं उसके बिस्तर बिछाने पर पहुँच जाता और वह मुस्कुराती हुई मेरे आगे इठलाती। मैं उसका हाथ बँटाता और हाथ बँटाने में हम एक-दूसरे

को छूते रहते।

इतने अभ्यस्त हो गए कि सालोंसाल, घुप्प अँधेरे में, सिर्फ़ छूकर एक-दूसरे को पहचान लेते, मानो इन हाथों से अँधेरे को एक दूसरे की काया में ढाल रहे हैं।

ललना ने बिना छुए पहचान लिया। बिजली गुल और वह आ धमकी। "ज़्यादा साहबपन, मर्दपन, विलायतीपन, मेरे आगे की, तो डाल दूँगी वापस नर्क में, जहाँ का तू है।"

जहाँ का मैं हूँ—ऐसा जुमला जो ज़रा सी पूँछ बनकर मेरे ऐन मुकाम पर इक बार जो उगा कि फिर लम्बा होता गया मेरे लम्बे होते जाने के साथ-साथ और उसे लपेट-लपेट कर तहों में छिपाए रखने की कोशिश मेरे जीवन-भर का उपहास बनता गया।

तेज़ धूप है पर छत पर ही इस ज़िल्लत-भरी हवा को बदल पाऊँगा।

ज़ीने पर चढ़ रहा हूँ।

कि छत का दरवाज़ा खुलता है।

ललना। उसका चेहरा सफ़ेद चादरों के पीछे कहीं है। सूखी, सिंकी चादरों में छत की कड़कती धूप ने पहाड़ों की चोटियाँ, पगडंडियाँ बना दी हैं।

मैं जहाँ हूँ, खड़ा हूँ।

धूप की महक का पहाड़ पीछे कदम लेता है, एक तरफ झुक जाता है कि मैं बगल से निकल लूँ।

मैं बढ़ता हूँ तो चिढ़ रहा हूँ कि पहाड़ में मुझसे सुरक्षित दो आँखें मुझे देख पा रही हैं। हँस रही हैं। मखौल उड़ा रही हैं बाबू विलायती की सतर चाल का। बनावटी, अत्यधिक अदब से पहाड़ एक तरफ झुका है। और मैं आज भी घबरा के जाँचना चाहता हूँ मेरा ज़िप ठीक-ठाक बन्द है ?

"मैं कब कहता हूँ लोग कहते हैं मैं यह सब कब मानता हूँ लोग बुरा मानते हैं," चच्चो की निगाह पर मैं हकला पड़ा था, "कि वह हमारे बराबर की नहीं है तो क्यों...ऐसे..."

चच्चो की निगाह वही रही।

"कि चाचा ने अच्छा नहीं किया जो उसे घर में शरण दी।" डर के बोलता गया।

चच्चो और निगाह।

"तुम भी तो डाँट रही थीं कि पढ़ी नहीं जा रहीं तो क्या, रद्दी में बेचने को किसने कहा ?"

चच्चो वैसी ही।

"किताबें।" मैं ज़ोर से चिल्लाया।

चच्चो ने इतनी कस के प्याली रखी कि गरम चाय मुझ पर गिरी।

"नहीं पूछ रही थी तुम कि तुम्हारी लम्बी मोती की माला छोटी कैसे हो गई ?" यह जान कि उसने घबराई नज़र डाल ली है कि मैं जला तो नहीं, मैं मिमियाया।

आजिज़ आके इस औरत से।

"इसे औरत कहते हैं, धत्तेरे की," लोगों में सुन-गुन मची, "जो ऐसे हाथ-पाँव फैलाए ?"

"औरत को गढ़ा ही ऐसे है जी कि शान्त धीर न हो तो खुद पछताए। ज़ोर से उछलो तो तुम्हारी छातियाँ क्या दुखती हैं ?" चाचा मुझे समझाते हुए फिद्द-फिद्द हँसे। "रात तुम अकेले निकलने में डरोगे ? कोई खतरा तुम्हें ? फरक न होता जी तो भगवान न गढ़ देता उसे तुम्हारे रूप में ? औरत कहाँ जो औरत जैसी न हो।"

"रुला के न रख दे तो देखो," लोगों का कहा मैं चच्चो तक नहीं पहुँचा पाता।

रुलाती थी ऐसी न-औरत, देखो, भतीजे और चच्चो को पतंग उड़ाते-उड़ाते, मैं खुद को याद दिलाता हूँ।

भतीजा धाड़ें मार के रो रहा है क्योंकि ललना पतंग की डोर उसे नहीं दे रही। ललना की आँखों से पानी टप-टप गिर रहा है क्योंकि बादलों के पीछे से तेज़ रोशनी उन्हें जला रही है। उसके होंठ भिंचे हैं और मंझा घुमाती बादलों को हल-हल हिला रही है पतंग की डोर से।

अलग खड़ी चच्चो, जो पतंग नहीं उड़ाती, कोई उछल-कूद नहीं मचाती, बार-बार मुट्ठियों से कस के अपनी आँखें मलती है कि जैसे कुचल देना है उन्हें, वे लाल हो चली हैं, उनमें आँसू भरे पड़े हैं, उसकी भिंची मुट्ठियाँ गीली होती जा रही हैं।

ललना हँसती है। अपने सिर पर उसने बड़ी-सी हरे रंग की प्लास्टिक थैली खोंस ली है शायद धूप का छाता बनाए और आज मैं जहाँ हूँ वहाँ से वह पतंग लग रही है।

पुराना बिम्ब ऐसे लौटा है जैसे तब पूर्व-कल्पना था, आज असल हो रहा है !

शायद यही होता है। जो जिस समय घट रहा होता है उस समय नहीं होता। बाद में असल में होता है। जब भीतर उड़ती रेत उसे किसी एक क्रम से जोड़ती है।

उस समय तो अजीब भूले से भाव से हम जो घट रहा है उसकी बगल से निकल जाते हैं। बाद में आ गिरते हैं उसके बीचोंबीच।

उसकी खुरच-खुरच त्वचा पर महसूस करते हैं।

ग़लत कोख का भ्रूण बन जाना...

विलायत के बजाय यहीं का हो के रह जाना...

किसी का मर जाना...

तब पूर्वकल्पना थी, आज हो रहा है...।

मैं रोशनदान पर रुक जाता हूँ। नीचे बल्ब की पीली रोशनी है। छत लोक के ऊपर टिका सलेटी शोक है।

चच्चो नीचे नहीं है। तिपाई पर राखदान के पास पड़ा एक हाथ है जो चच्चो का नहीं है। हाथ में फ़ोर-स्क्वैयर का पैकेट किसी सोच में घूम रहा है। सोच धुँआ बनके निकल रहा है। धुँए के यह रिंग्स हवा में फेंकनेवाली चच्चो नहीं है।

ललना है।

मैं रोशनदान से सट लेता हूँ जैसे निरापद बचपन से।

मेरा दोस्त परेश मेरे संग यहाँ सटा रहता। मैं बाथरूम जाने के लिए 'टाइम्स' चिल्लाया था। नीचे गया था और फिर ऊपर भाग आया था। हम रोशनदान पर झुके थे, पक्की दोस्ती में बँधे।

"बाई गॉड से," परेश चीखा।

चच्चो की कमर से निचला भाग कुर्सी पर बैठा हल्के-हल्के नियमित झटकों से हिलता हुआ।

"हाय देख अपने चाचा को," वह फड़का, "कैसी खोलकर बैठे हैं वह," जाँघें खोल छत पर फैल गया।

ललना की पीठ और सिर मैंने भी देखे। वह चच्चो की कुर्सी के आगे झुकी, दाएँ-बाएँ, दाएँ-बाएँ, फुर्ती से सिर चला रही थी, खुले बालों में बिजलियाँ छिटकाती।

"ओय होय," परेश ललचाया, "और यों चाट रही है ललना देखो ज्यों चिकन करी हो। चल..." मुझे नीचे खींचा, "शुरू हो जा," युवा लम्पटता से बोला।

मैंने कहने की सोची ही नहीं कि चाचा हाँगकाँग में हैं।

मुझे अभी याद है जब मैं नीचे बाथरूम गया था, चच्चो मोसम्बी का रस निकाल रही थी और ललना कमरे में पोंछा लगा रही थी !

पर तो क्या, कोई कहानी झूठी नहीं होती।

न सच्ची।

बस अलग-अलग तरीक़ों से जुड़ती रहती है। वही चीज़ें, नए सिरों से। उनके बीच उड़ती बरसों की रेत।

"हय तेरे चाचा सो लकी !" परेश कहता। "और तुझे क्या," वह मुझे गुलचा लगाता, "चला जाएगा हाँगकाँग जब जी चाहे। वहाँ की लड़कियाँ यार उन दाँतों से, मुँह के नहीं, केला काटती हैं, बराबर-बराबर टुकड़े-टुकड़े सुन्दर-सुन्दर।"

लेकिन हाँगकाँग क्यों, मुझे तो विलायत जाना था जहाँ लड़कियाँ, केला, कुछ भी, सब कुछ भी, आप ही मेरा हो जाता।

फिर कहीं का कहीं को जोड़ने के लिए किसी ने जैसे आईना मेरे सामने अचानक सरका दिया है जिसमें झाँकने पर मैं नहीं, चाचा वापस झाँक रहे हैं। जो विलायत नहीं, पैसे के अपने ख़्वाब को बारम्बार, तफ़सीलों सहित मुझे सुनाकर चुप हो गए हैं। क्योंकि मैंने पूछ लिया है कि जब उतना पैसा कमा लेंगे तब क्या करेंगे ?

क्या करेंगे, वह भावशून्य मुझे ताक रहे हैं। क्या करेंगे, अटके रिकार्ड की तरह दोहराते हैं। क्या करेंगे, जैसे वह मुझसे पूछ रहे हैं।

"तब क्या ?" वह रिक्त स्वर में कहते हैं। "तब तो कुछ भी कर सकते हैं।"

"हम मर्द हैं, हम कुछ भी कर सकते हैं।" परेश जब कहता तो मुझे लेबरनम हाउस में उड़ती अंड-शंड बातें हेय लगने लगतीं और मैं परेश को भी नहीं बताता कि ललना तो ललना, चाचा तो चच्चो के भी पास नहीं जाते। चच्चो जाती थी उनके पास।

जब रातों में मैं चच्चो और ललना के बीच उनकी गप्पों से महरूमियत के डर से घुसा रहता और न जाने कब सो जाता।

जब चाचा आते, रेलवे स्टेशन की ज़रा-ज़रा महक अब भी लिए और मुझे उठा के ले जाते अपनी बैठक में अपनी बाँह पर थपथप सुलाने।

आधी नींद आधे होश में मैं जानता था अब क्या होगा। अब चच्चो आएगी मेरे पीछे-पीछे।

या उनके ?

मैं जग जाता पर सोया पड़ा रहता।

वह धीरे से दरवाज़ा खोलती और मेरी बन्द पलकों पर बाहर रात-भर जलनेवाली बत्ती की गरमी पड़ती।

मैं कोशिश करता मैं साँस रोक दूँ। मुझे लगता, अँधेरी रात में मेरी साँस सीने में शोर करती एकदम से प्रहार-सी छूटेगी।

मुझे लगता चच्चो है जो शराब पीने लगी है जबकि चाचा ने छोड़ दी है।

चाचा बनते कि वह गहरी नींद में सो गए हैं।

चच्चो पास आती जाती, मेरी घुटती साँसें बतातीं।

उसकी साँसें तप रही हैं। वह चाचा को छू रही है। दर्प से। उन्हें खींच रही है। उन्हें दबोच रही है। उन्हें नोच रही है। और चाचा मानो सो रहे थे, अब जाग रहे हैं, चिढ़ रहे हैं, घिना रहे हैं, इंकार कर रहे हैं, उसके हाथ झटक

रहे हैं, उसे धक्का दे रहे है, पलँग हिल रहा है, वह अलग गिर पड़ती है, घायल जन्तु की तरह वापस झपटती है और दोनों हिंस्र स्वरों में फूत्कार रहे हैं।

"क्यों नहीं ?" चच्चो का उपहत स्वर।

"क्योंकि मुझे औरत चाहिए, तुम नहीं।" चाचा।

ऐसी बातें मैंने क्या एक बार ही सुनीं ? बार बार मैंने पलकों के पीछे से देखा—चच्चो चोट खाए साँप-सी अलग छिटकी खड़ी है, हाँफ रही है, भभक रही है।

और फिर...।

आँखें बन्द हैं पर मैं जानता हूँ कि चाचा का हाथ कहाँ है और दुखी, दूर खड़ी, जलती चच्चो को दिखा-दिखाकर वह क्या कर रहे हैं। चच्चो की सुबक निकल जाएगी तो उनका हाथ और तेज़ चल पड़ेगा और पूरा पलँग एक आदमी की एक औरत पर फ़तह के इस अनोखे अट्टहास पर थर्रा जाएगा।

कोई ऐंठन मेरे भीतर से निकलकर छत पर हुड़कने लगती है। कोई जीवन हो रहा है आज जो तब न हो सका ?

कहीं तो मुझे यह जानकर अच्छा ही लगा था कि चच्चो और चाचा वह सब नहीं करते जो मेरे अबूझ बालमन ने लोगों से सुना कि चाचा दोनों औरतों के संग करते थे। कोई धब्बा नहीं चच्चो पर। कोई लिसलिसाहट नहीं। योगिनी-सी चच्चो जो पूरे बदन को सादे बॉर्डर की साड़ी में दिन-पर-दिन और ग़ायब करके रहने लगी।

"बेचारी चच्चो," लोग कहते, "जो पति की करनी पर चूँ तक नहीं करती और उस दूसरी के सूजे पेट पर रहम करके उसकी तीमारदारी में लग गई।" कितनी इज़्ज़त से हर ग़मी, हर ख़ुशी, त्यौहार, में चच्चो के पास न्यौता आ जाता। ललना का जा पहुँचना भी लोग, चच्चो की खातिर नम्रता से स्वीकार करते।

औरत वही जो आदमी के मन को समझे। उसे माफ़ कर दे। उसे भटक कर लौट आने दे।

घर तो आ गए थे चाचा, अपना धन्धा समेटकर, पर उसे लौटना कहा जाएगा ? उनकी गिरती सेहत का कारण, पता चला, खूब बिगड़ा हुआ मधुमेह है और चच्चो उन्हें आते देख स्पष्ट हँसी से कहने लगी, "मिठास मिली भी तो कहाँ !"

चाचा सुन लेते पर कोई प्रतिवाद नहीं करते।

"चुप !" उन्हें आते देख ललना चच्चो से कहती और चच्चो उन्हें देख मुँह फेर लेती और चाचा ललना को देख मुँह फेर लेते।

मैं मुँह फेर के कस के झटकता हूँ जैसे इन पराए कणों को इस तरह गिरा दूँगा।

कोई गुज़र गया है। कोई इतना अज़ीज़ गुज़र गया है। मौत का मूड होना चाहिए। अन्दर-बाहर चुप होना चाहिए। नमन होना चाहिए।

अन्दर चिल्लपौं, ऊपर चिल्लपौं।

बच्चे गेंद खेल रहे हैं। साइकिल के पहिए की चर्र चर्र। स्कूटर। गाड़ी। हॉर्न। पंख पक्षियों के फड़-फड़। यह सब नहीं होना चाहिए।

बेचैन हो पड़ा हूँ कि कैसे सबको भूल एक कोने में सिर झुका दूँ, बस शान्त, बस शून्य।

तुम नहीं रहीं, सिर झुकाए बस यही जानूँ। तुम्हारी बीती को ऊन के गोले की तरह छत पर क्यों लुढ़काऊँ ? कभी उधेड़ता, कभी लपेटता।

लेकिन मैं अपनी इस चाह का स्वयं दुश्मन बन जाता हूँ। चुपचाप बैठ तो जाता हूँ कि छिपे सुराख बनाती चिल्लपौं मन में प्रवेश पा जाती है और छूट जाता है मेरे हाथ से वह ऊन का गोला। बनने लगते हैं उलट-उलट के छत पर अबूझे, अजाने, अबोले, ओझल, अनजिए...असल ? असल ? असल ?... आरेखन।

वह जामुनी रंग का मेरा रंजोग़म नहीं। साँय-भाँय उड़ते दूसरे अंकन।

चुप होने की कोशिश करता हूँ, भीतरी हर तह तक चुप होने की। हर पर्त को बस यह याद दिलाता—जो क्या हर पर्त भूल तो नहीं रही ?—कि चच्चो चली गई, चच्चो गुज़र चुकी। मेडिटेशन में दोहराए जानेवाले मन्त्र की तरह। ओम।

ओम।

ओऽऽऽम।

यह भी कोई छल है ! ओम चाचा का नाम था !

चाचा का हाँगकाँग जाना बन्द-सा हो गया। या फिर उन्होंने टॉयलेट को हाँगकाँग मान लिया और जब आँख उठाओ उधर ही जाते मिलते !

"शक्कर बहाने !" चच्चो हिकारत से मुस्कराती। चाचा सुन लेते पर वह उनसे नहीं कह रही थी।

पहले भी वह चुप रहती थी पर मैं जानता था लोग जानें न जानें कि अब यह चुप नहीं, कुट्टी है। चच्चो ने चाचा से कुट्टी कर दी है।

यों कुट्टी में कोई शर्म की बात नहीं होती। लेबरनम हाउस के घर-घर में कुट्टियों की पंगत लग जाती ! कोई न कोई परिवार का सदस्य, किसी न किसी उसी परिवार के प्राणी से बोलना बन्द कर देता। दो दिन, चार दिन, तो आए दिन। अक्सर लम्बे अरसे के लिए भी। और बहुत अक्सर आदत पड़ जाती तो झगड़ा भुल जाता पर कुट्टी चलती आजीवन ! कभी-कभी यह भी होता कि एक से कुट्टी खत्म करने के लिए उसे नए सदस्य पर लादने की ज़रूरत पड़ जाती। बोलना चालू तब हो पाता जब कुट्टी एक पर से उतारकर दूसरे पर थोप दी ! मगर इन कुट्टियों में ऐसा कुछ नहीं था कि परिवार टूटे। परिवार वही रहते, वहीं रहते।

परेश का उदाहरण बहुतों की कहानी हो सकती है। गणित में अच्छा था, गणित करना चाहता था, किसी बड़ी युनिवर्सिटी में। बाप चाहते इतिहास करे, आई.ए.एस. में बैठे, गणित अच्छे कैरियर में मददगार नहीं। बात इतनी, बखेड़ा इतना कि कुट्टी !

हाईस्कूल के बाद से परेश और उसके बाप में बातचीत बन्द की बन्द। "नीचे क्यों नहीं आया, बुलाओ," बाप पत्नी से कहते जो आवाज़ देती, "परेशवा।" तीनों एक मेज़ पर साथ बैठे खाना खाते। माँ बेटे से बात करती, पति से करती। पति पत्नी से करते। बेटा माँ से करता। खाना स्वादिष्ट होता।

कभी-कभी मैं भी पहुँचता। अंकल प्यार से चिढ़ाते, "क्यों बाबू विलायती, कब भेज रहे हो हमारे लिए लन्दन से टिकट ?" उनका बेटा हँसता, "क्यों बाबू विलायती खुद क्वीन एलिजाबेथ ने तुम्हारे स्वागत का इन्तज़ाम किया है न ?" सारे दौरान उनके आपस का ढंग बरक़रार !

जब परेश बड़ी युनिवर्सिटी में दाखिला पाने शहर से बाहर गया तो बाप साथ गए, साथ होटल में ठहरे, जब बेटा स्कॉलरशिप के लिए एन्ट्रेन्स परीक्षा दे रहा था बाप हॉल के बाहर प्रतीक्षा करते रहे, ट्रेन में जब बेटा बाथरूम गया तो प्रश्न-पत्र उठा के पढ़ने लगे। पर बातें, न जी न !

बहू भी उनकी पसन्द से आई और प्रेम से रहने लगी पर जिनसे कुट्टी रहनी थी रही !

यहाँ बाप बेटे से नहीं, वहाँ भाभी ननद से नहीं। कहीं भाई बहन से नहीं और कहीं और शौहर बीवी से नहीं। इसी तरह परिवार संयुक्त ! इसी तरह न बोलने के रिश्ते अटूट।

हमारे घर में कुट्टी—चच्चो की चाचा से।

"कुछ मीठा दो।" चाचा भोजन उपरान्त मुझसे कहने पहुँचते।

"आपको मना है," मैं धीरे से कहता, बगल के कमरे में चच्चो को देख।

"बात ये है कि मीठा न खाऊँ तो मेरा खाना नहीं पचता," वह भी उधर देखते जिधर मैं और धीरे बोलते !

"उसी ने बन्द कर रखा है।"

"गुड़ की डली दे दो।"

"बन्द है, जाली की अलमारी में।"

"चीनी ही फाँक लूँ।"

मुझे सीधा होते देख वे समझ जाते चच्चो आ रही है और जाने को मुड़ते।

"यहाँ क्यों खड़े हैं ये।" चच्चो कुछ-कुछ तरजकर पूछती मुझसे।

चाचा गर्दन नाटी करके फ़र्श पर फिरती चींटी से मुख़ातिब अनजान बोली में स्वर करते और मैं कुछ समझाता—'पेचिश की गोलियाँ खोज रहे हैं' जैसा।

"गए ?" चच्चो मुँह फेर के पूछती।

चाचा सन्दूक के पास तख़्त पर जा बैठते, अपने अलग कमरे में, जिसमें उनके निरे बैंक पेपर्स, शेयर सर्टिफिकेट थे, जिन पर चच्चो ने ललना का नाम भी डलवा दिया, तभी एक दिन उसमें से पाया गया कितना तो भुनाया जा चुका है।

यह सोचकर मेरे गुस्से का कोई अवधार नहीं रहता कि क्यों ऐसी बातें बाद में पता चलती हैं—जब घटती हैं तभी क्यों नहीं होतीं ? गोजर जैसे मज़े में ख़ून चूसता रहता है और उसका अनुभव नहीं होता जब तक कि ख़ून चूसकर वह ऐसा अरकसी न हो जाए कि अपने को सँभाल न सके और तभी हम देखते हैं उसके हुए को !

या क्या भविष्य है जो हमें ठग रहा है ? उसे अन्दर भरे हम आँखें भीतर की तरफ बिछा देते हैं और बाहर, जहाँ आज है, वहाँ हमारी बन्द पलकें ही हैं ?

मेरी बन्द पलकों के बाहर कौन है मैं जानता हूँ। चिढ़ जाता हूँ।

उसने मुझे देख लिया है।

देख लेती है तो मेरी पलकें बन्द हों तो भी वह अजीब चाल से मेरी बगल से निकलती है मानो तय नहीं कर पा रही मेरी तरफ घूमती हुई जाए या सीधी निकल जाए मुझे बिना देखे ? मानो तय नहीं कर पा रही सीधे देखते जाने में मेरी ज़्यादा इज़्ज़त जतला पाएगी या मेरी तरफ आँख ज़रा उठा के सिर ज़रा झुका के जाने में ज़्यादा ?

तो कभी कन्धे मेरी तरफ उचकते हैं जैसे उस तन से अलग होना है और सिर सीधा सामने को जाता है, कभी सिर इधर और बाकी तन उधर फेर देती है। अजीब लँगड़ाती चाल बन जाती है। अनिश्चित, डिग डिग !

मैं चुपके से आँखें खोल देता हूँ भीतर फैले भविष्य—जो मेरा अतीत है अब—से अलग। मेहँदी का लेप हरा तौलिया-सा सिर पर लपेटे, उसकी महक मेरी ग़मी में घुसाती, ललना पास से निकलती है।

मैं आँखें बन्द कर लेता हूँ जैसे आँखों ने सूँघी है वह निकृष्ट महक !

स्कूल से लौटते बच्चों के स्वर धुपैली गुँजान बनकर आते हैं और बस्तों

से लदे स्कूल यूनिफ़ार्म के बिम्ब मेरे पपोटों पर तैरते हैं।

महरी से चल रही उसकी अकबक सुनाई दे रही है।

"दिल्ली भी घूमे हो हजूर ?" महरी का भाव कि चन्द्रलोक है, न कि दिल्ली !

"वहाँ दो किले हैं," ललना कह रही है, "लाल किला और पुराना।"

दोनों का फ़र्क बताती है—"एक में चोर बाज़ार, एक में चिड़ियाघर !"

मैं अपने आपको बिना दिखाए निकल जाता हूँ। छत पर। फिर भी देर तक उसकी जबर आवाज़ कान में आती रहती है।

क्यों मैं उसकी आवाज़ सुनकर किसी अनजान डर से रुक जाता हूँ ? मानो इस आऊ-बाऊ बकवास के पीछे कोई ध्वनि और भी है, थोड़ी गम्भीर, थोड़ी ज़िद्दी जो घट अभी रही है पर होयगी तब जब पूरी तरह मैं उसकी गिरफ़्त में आ चुका होऊँगा।

डामर पर बजरी डाल दी है कि पिघल कर लोगों की चप्पलों में न चिपके।

उसने मुझे खोज लिया है। बिना मुड़े मैं जान जाता हूँ वह मेरे पीछे-पीछे आ गई है।

छिपी कनखियों से देख लेता हूँ वह चादर पे गेहूँ फैला रही है। धुले गेहूँ के गीलेपन में हाथ डालने का जी करता है। चिपके, बचपन के बाद आज, मेरी हथेलियों में फिर।

उस अनजान डर की छुअन मैं पहचानने लगा हूँ। जैसे मुझे चेतावनी देता हो यह रह-रह के—किधर लौट रहे हो, ग़लत आँचल की पसार में ?

मुड़ूँगा नहीं, खड़ा हूँ, कि जामुन के पेड़ से धम्म-धम्म लंगूरों की टोली छत पर धमक पड़ती है। जामुन के बैंगनी छपक्के मानो अपने पैरों से फैलाती।

लंगूर ही लंगूर हैं। हर माप, हर उम्र के। बड़े बूढ़े, नर, मादा, एकदम नवजात शिशु भी ! शान्त भी, कलाबाज़ियों में लगे भी।

लंगूरों के चेहरों पर न हार है न जीत, बस तटस्थ सन्त-भाव !

जी चाह रहा है बताऊँ, पर कोई हो पास तब तो।

जामुन की डालियों को घेरती ईंटों की कच्ची मुँडेर है। शायद नीचे वालों की घोषणा कि ये पेड़, उसकी डालियाँ, उसके फल उनके हैं, चूँकि खिड़की के बाहर उसकी जड़ और तने को वह अपनाए बैठे हैं।

मेरे बचपन में छत सबकी थी और सारे पेड़ छत के थे।

लंगूरों पर कौन सा अंकुश—वह जामुन के नए पत्ते भी खा रहे हैं !

उसी मुँडेर पर एक मादा लंगूर बैठी है नन्हें से बच्चे को गोद में लिये। वही बौद्ध चेहरा, निर्लिप्त आँखें।

मेरी दिलचस्पी बढ़ गई है। किस मज़े में उसके सिर पर पाँव रख के बाकी टोली आर से पार कूद जाती है ! जैसे वह मादा भी मुँडेर का हिस्सा है !

अचानक मेरे पीछे से दबी चीख फूट पड़ती है। उसके गले से।

एकदम से मैं जान जाता हूँ वह गोद में पड़ा बच्चा तो मर गया है।

क्या उसकी माँ को मालूम नहीं ? वह विरक्त भाव से बच्चे को चिपकाए बैठी है। बच्चे का सिर जब दूसरे लंगूरों के ऊपर कूदने पे हिलता है तो मादा उसे बिना उसकी तरफ देखे ही सँभाल देती है।

बैठी है, बैठी ही रहेगी, मानो मौत नींद-भर है जिससे बच्चा कभी भी जाग उठेगा।

मैंने कहीं पढ़ा था पाप से धर्म जन्मता है, दुख से दर्शन।

मादा यों ही बैठी रहेगी अपने शिशु को गोद में लिये, जब तक बच्चे के तन में नाम-मात्र भी गर्मी रहेगी। जब तन एकदम ठंडा हो जाएगा तब उसका मोह, उसकी उम्मीद, मर जाएँगे।

नीचे आया तो लगा छत पीछे छूट गई, बहुत पीछे। वहाँ की आवाज़ों की गूँज बस कहीं दूर से आती रही, बिछोह बिरह का सन्देसा लिये।

मैं आँगन में खड़ा रहा, बीच-बीच में सिर उठा के उस दूर से आती टेर की गूँज को सुनता, फिर झुक जाता मानो अपने आपको ख़ाली कर देने ध्यान में चला गया हूँ।

मेरे चारों ओर वही पुराने कमरे हैं पर उन पर टँगे धुले पर्दे देखकर न जाने क्यों डर लगा कि पुराने जाने-पहचाने स्पर्श को यह नई छुअन खदेड़ दे रही है।

सामने बरामदे में सिलाई मशीन अब बराबर रखी रहती है जिसके ज़ंग-खाए कल-पुर्जों में ललना मशीन का तेल डालकर फिर चलाने लगी थी। अब यहाँ भी दिखने लगी थी—धागे को थूक लगाकर नुकीला बनाती, फिर घंटों मशीन की सुई में घुसाने की कोशिश करती। यूँ बार-बार करती कि मानो धागा सुई है और सुई का छेद किसी की आँख, जिसे वह फोड़ देना चाहती है।

मुझे डर था मैं कह न दूँ लाओ मैं डाल दूँ।

यह बिना कहे अपनी बात मनवाने का इसका गुर !

न जाने क्यों पुराने बरसात के दिन याद आ गए। बरसात तो गई अब !

पुराने दिनों की ललना की आवाज़ आई, "क्या झूराझूर बारिश है।"

चच्चो को सुना रही थी, "क्यों बहनजी ?"

सुना नहीं रही थी, घेरने का उपक्रम शुरू कर रही थी !

"इस मौसम में पकौड़ियाँ अच्छी लगती हैं। न बहनजी ?"

चच्चो इसी मशीन पर सिलाई कर रही है। सच आ रही है उसके चलने की आवाज। गोल-गोल चला रही है हाथ और कपड़ा है कि लचक के आगे नाच रहा है, थोड़ा बाएँ, थोड़ा दाएँ, नीचे, फ़र्श पर फिसलता।

“मैं बनाऊँ बहनजी ?” स्वर निष्कपट।

“ज़रा यह इतना सिल दूँ, फिर डोरा बदलना पड़ेगा।” बहनजी ही सफ़ाई देती !

“नहीं-नहीं, तुम करो न पूरा। मैं भी ठीक-ठाक बनाऊँगी। बोलो हरे मिर्च की ? प्याज़, आलू, बैंगन, किसकी खाओगी ?” और नाख़ून मुस्तैदी से चबा-चबा के 'थू' बटोर रही है, ज्यों उनके पकौड़े बनेंगे !

“बेसन तो वहीं है न जहाँ मिस्सी आटा रखा है ?” यह वाला नाख़ून अधिक मशक्कत माँगता है !

चच्चो उठ गई, ललना बेख़बर ! रसोई में बेसन फिंट रहा है, ललना नाख़ून-व्यस्त, कड़वे तेल की बसेन्धा हवा, ललना की नाक बस देखने की, चच्चो पकौड़े और चाय लेकर आ गई है, ललना का काम पूरा हो गया है और वह कुर्सी से आधी उठ चुकी है !

“यह क्या, मैं तो उठ ही रही थी,” ताड़ना दे फिर बैठ जाती है !

अरे ! मेरे होंठों पर यह स्मित कैसा ?

वही महक आ रही है—पकौड़ों की ! पेट में भूख—या लालच—की गुड़गुड़ी उठी है। स्वतः मेरे कदम मशीन के पास बिछे तख़्त की तरफ बढ़ गए हैं। मसनद पर टेक देता जैसे ही आराम का जज़्बा भीतर महसूस करता हूँ, गुस्से का भभका मन में साथ-साथ उठता है—यह कहाँ धँस रहा हूँ मैं ?

हाथ स्वचालित अन्दाज़ से पास पहुँच आई ट्रे पर रखी चाय की प्याली उठाते हैं। उसकी सोंधी भाप में पकौड़ों की महक कैसे ?

पकौड़ों की प्लेट पीछे से आकर ट्रे पर ठहर जाती है। आहूहा ! अरवी के पत्तों के पकौड़े ! भूला पड़ा कितना प्रिय स्वाद।

मैं बढ़ते दुख के साथ मुँह में आए पानी को आँखों में लाना चाहता हूँ। क्या मैं तुम्हें भूल रहा हूँ चच्चो ?

ऐसे ही होता होगा ! किसी की याद घिरती जाती है इतनी बातों में, जिनमें विलीन हो जाना पड़ता है उसे एक दिन ?

मेरे आसपास पहुँच जानेवाले इन रोज़-रोज़ बढ़ते स्वादिष्ट पकवानों में चच्चो खो जा रही है ?

कहाँ से ढूँढ़कर लाया गया है यह कटहल जब कटहल मिलना बन्द हो चुका है ? मेरे लिए। ऐसे तक रहा हूँ मैं उसे कि वह ही मुझे खा जाएगा !

गुस्से से रोटी गींज-मींजकर रख देता हूँ। तके जाता हूँ शिकारी कटहल को।

फिर भी ललचता हूँ।

फिर गुस्साता हूँ।

कहीं कुछ और तो नहीं हो रहा है ? बहुत पहले का घटा अब असल में हो रहा है ?

मेरा जन्म तो नहीं यह कहीं ?

मैं भयभीत होकर खाने लगता हूँ। भय से कटहल का स्वाद बढ़ा ही जाता है !

मेरा असल जन्म, मैं लद-लद हँसना चाहता हूँ। पर कटहल के टुकड़ों के आगे-पीछे जो हँसी फुदक रही है वह चाचा की है।

वह हँसी घटी तब होगी–जब मैं विदेशी चॉकलेट की पन्नी इस आत्मविश्वास से फाड़ रहा था कि तुम हिन्दुस्तानियों के लिए जो विदेशी, वह मुझ विलायती के लिए तो देशी हुई न–पर 'हो' अब रही है। अब पा रही है वजूद वह हँसी और थिरक रहे हैं खाने की मेज़ पर उसके बोल–कहाँ का विलायती, कैसा विलायती, तू तो उस ख़ून का भी नहीं, जिसका तू सोचता है तू है !

उस हँसी का समय अब है तो कहीं मेरे जन्म का भी तो नहीं, मैं डर रहा हूँ ? जिसका समय मैं कभी नहीं आने देना चाहता। वह आ गया और हो गया मेरा जन्म तो फिर वह सारी शर्मिन्दगी, वह सारी बदनामी, वह सारी छत पर ठसकती कानाफूसी, वह सारा बिन-अतीत-का-अतीत मेरा न हो जाए।

बेबस मैं खा रहा हूँ।

हर घटा क्या इस ताक में रहता है कि कब 'हो' पाए और धर-दबोचे गला ? क्यों न निकल जाए हमारा जीवन हमें अलग अनछुआ छोड़ता, लाचार मन कहता है मेरा ? रहने दो मेरी चेतना पर ठेपी, पड़ा रहने दो न उनींदा मुझे।

घेर रहे हैं यह पकवान मुझे, कमज़ोर होता जा रहा हूँ मैं, लालची लार ही नहीं कोई अधम लाड़ जगा रहे हैं यह।

मैं बन्द कर देना चाहता हूँ उसके हाथ का खाना पर कर दूँगा बन्द तो अभी मेरे पास ट्रे में सरकाने वाला ज़िद्दी हाथ मेरा मुँह खोल गले की तरफ बढ़ जाएगा ! मैं जानता हूँ वह अपनी बात मनवाने के नए-नए ढंग अपनाएगी।

नफ़रत। उसके प्रति नफ़रत का संचार मैं मन में करना चाहता हूँ। जैसे डरता हूँ कि नफ़रत के नीचे दबा कोई और भाव जिसमें ज़रा भी कुछ नर्म हो—दया का कोई पुट, नादान बचपन की सहचरी—वह इसे अपना समय न मान ले।

हे चच्चो बचा लो मुझे, न जाने क्या-क्या बचा है इस जीवन का घटा जो अब 'होगा'।

पुराने अँधड़ों के ग़ुबार जब छँटेंगे तब कौन से नए सुनियोजन उभरेंगे ?

कुछ भी सोचो, मैं विकल मन से कहता हूँ, हँसने की, रोने की, और-और बातें। मैं ढिठाई से आधा खाना छोड़कर उठ जाता हूँ। अब ग़लती न करो, चुन लो साफ़-साफ़ अपनी माँ, वही जिसके आसरे ने जगमग रखी तुम्हारी आत्मा, वह नहीं जो तुम्हारे शरीर का विकलांग, दाग़ी, आहत अंग है, उससे कुट्टी है तुम्हारी, कुट्टी ही रहने दो उससे।

ऐसे ही होना है, ऐसे ही चलना है यह जीवन, उस कुट्टी को पूरी तरह घुसना है पुनः मुझमें, घुसना है जैसे चाचा घुसे थे कोमा में, जैसे चच्चो घुस गई है मौत में, जैसे ललना, निकाले जाने के बाद दोबारा इस घर में...

अनायास उगे इस खयाल पर मैं हड़बड़ा के सोच के कपाट और भी बन्द करना चाहता हूँ और घबराहट के उस मामूली से पल में अख़बार उठा के ऊँचा

पढ़ बैठता हूँ।

—"अगला बड़ा भूकम्प उत्तर भारत में आएगा।"

भूलकर कि वह चुपचाप मेरे पीछे आकर बैठी होगी कि मेरी ज़रूरतें मुखर होने पाएँ इसके पहले वह पूरी करती जाए।

उससे तो मैं नहीं बोला था पर वह इसी तरह जताएगी और झट हमारे बीच संवाद का सिरां बनाएगी—

—"कब ?"

II

"कब ?" अनायास मुँह से निकल पड़ा।

इतना छोटा-सा लफ़्ज़ न होता तो मैं बीच राह लोक लेती!

मैं फ़ौरन सँभल गई मनाती कि ढक्कन, जो उसने अपने कानों पर ठोंक लिये हैं, ने 'कब' को रोक दिया हो !

पकड़े जाने की झेंप मिटाने वह आगे बोल पड़ा, "लिखा है अगले सौ बरस में कभी भी आ सकता है।"

'कब' की डगमग को स्थिर सहज करने मुझे भी आगे बोलना पड़ा, निश्चिन्त स्वर में, "सौ बरस में न !"

वह चिढ़ गया, "कल आ जाए तो वह भी तो सौ बरस में ही हुआ।"

हम इस पर हँस भी सकते थे। मगर नहीं हँसते तो चिढ़ेंगे ही। मैं भी चिढ़ गई। धीरे-से खड़ी हुई कुर्सी को हाथ पीछे करके साथ उठाए कि न न न, आवाज़ न करे। फिर वैसे ही पकड़े-पकड़े आगे को झुकी कि शशृश, चुपके से अलग खिसका के रख दूँ। पल-भर को लगा यह कुर्सी नहीं, सिनेमाघर का गन्दा कमोड है जिस पर बहनजी और मैं ऐसे झुके, बिना बैठे, पेशाब करते।

मैं बुरक़ा न लाती तो कब तुम्हारी चच्चो को लेबरनम हाउस के बाहर किसी गन्दे-सन्दे बदबूदार लैट्रीन में गंगाजल बहाने का सुख मिलता !

तंग आ रही थी मैं उसकी डेली प्रश्नावली से "—फिर ? फिर क्या हुआ ? कब पता चला उसे वह डाकू का बेटा नहीं है ?" सीन-बाइ-सीन उसे पूरी कहानी बताओ। गाना सुनाओ। हीरोइन की टाइट कमीज़ का ब्यौरा दो, दर्जी से वैसी ही बनवाओ। पहनो, उसकी आँखों को ठंडक देने।

लेकिन ठंडक कहाँ बिटवा ? जलती थीं तुम्हारी चच्चो की आँखें। अरे मार जलन्तू चिकोटियाँ काट-काट के मेरी बाँह सुजा देती कि, "तुम्हें क्या, तुम तो अदृश्य हो, कहीं भी जाओ। मैं गई तो सब देखेंगे।"

अदृश्य नहीं, अदृश्य दिखलाई गई ! जब बहनजी कुछ नहीं कहती, न ओम बाबू को, न उनकी को, तो लेबरनम हाउस में किसकी मजाल कि वह कहें ? वह कहेंगे तो अब यह ललना को कहना नहीं होगा, इन दो इज़्ज़तदारों की छीछालेदर करना होगा ! उनके साए में पकते 'कश्मीरी सेब' को खाएँ कैसे ? खा नहीं सकते तो देख-देख के ललचाएँ क्यों ? तो चुप्प्प ही बेहतर, न देखना ही मतिमान !

आँख मुझ पर पड़ती तो यों कि कुछ भी नहीं सामने।

क्या कहूँ उनकी उस नज़र का मज़ा ! कीड़े-मकोड़े डरा करें कि दिख गए तो मसल दिए जाएँगे, हम तो शेरनी-सा निकलते। उन्हें करने दो फ़िक्र मेरे चंगुल की ! हम तो इठलाएँगे। हम तो गाएँगे। धुन चढ़े तो खच खच खुज खुज जाँघें खुजाएँगे। कमाल है, खुजली हो तो क्यों न खुजाऊँ ! मरी जाऊँ, किस सम्मान को पाने के वास्ते ? जब हम दिख ही नहीं रहे तो हमारी खुजली क्यों दिखे ?

"चलो तुम्हें भी अदृश्य बना दें," मेरा ही मस्तिष्क चमका। एक बुरक़ा ले आई जाकर। "मेरे संग निकलोगी न ? न मैं दिखूँगी, न मेरी संगी-साथिन।"

खुशी से मान गईं संगी-साथिन।

कानों में छह फुटर बालियाँ लटकातीं, पाँव में चमक-गमक हील की जूतियाँ चढ़ातीं, बदन पर टाइट कमीज़ चिपकातीं। बन-ठन कर ऊपर बुरक़ा सरका लेतीं।

लेबरनम हाउस वाले अभी भी अमूमन सोने के पहले और तड़के जागने तक ही ज़ीने से छत पर जाने और नीचे घर में आने के दरवाज़े की कुंडी लगाते हैं। दिन-भर एक घर से दूसरे घर, घर से छत, छत से छत, आवाजाही हो पाती है।

शायद छिप-छिप के अभी भी लोग मिलते हैं ? शायद हों अभी भी ऐसी औरतें जो बच्चों को स्कूल-कॉलेज भेजकर, पति को काम पर रवाना करके निकल आती हैं अपने घर से छत पर और उतर जाती हैं किसी और के घर के सुनसान दरवाज़े से पीछे को निकल, रिक्शा लेने ? नाहक। छुप के। लेबरनम हाउस के बड़े फाटक से नहीं, पीछे झाड़ियों को दबाकर, लाँघकर।

लाँघना ! एक ऐसी क्रिया जिसमें खुशी की छलछलाहट है। लाँघो तो तन अलग, दिल अलग फड़कता है। लाँघी जाती है दीवार, झाड़ी, छत, दहलीज़,

सीमा, चन्द्रमा...। लाँघते ही छूटती है खिलखिल हँसी बुरक़े के अन्दर से, जो दबाए न दबे, डरे जाए पर छिटके।

वह हँसी बिटवा, तुम कभी नहीं हँसोगे। वह हँसी हँसने के लिए बिटवा तुम्हें लड़की होना पड़ेगा। लड़की जो हमेशा नंगी होती है। इतनी नंगी कि उसे ढेरों कपड़े चढ़ाने पड़ते हैं, परत-पे-परत, परतों-पे-परतें, और वे सारी बुरक़े से ढुकनी पड़ती हैं। वह नंगी लड़की जब हँसती है तब निकलती है वैसी प्यारी हँसी।

नंगी लड़की की हँसी तुम क्या समझोगे बिटवा ?

मैं हट गई हूँ बिटवा के पीछे से। पर वह यही सोचता होगा मैं अभी भी डटी हूँ, कभी न उठने को वहीं !

मैं उसकी पीठ पर नज़र गड़ाए धीरे-धीरे पीछे को कदम लेती हूँ...अदृश्य, बेआवाज़। उस कमरे के दरवाज़े पर पहुँचती हूँ जिसे वह सिर्फ़ अपनी चच्चो का कमरा मानता है।

मुँह चिढ़ा दूँ उसकी पीठ को, ज़बान निकाल के ! तुम क्या जानो हम लड़कियों की दोस्ती को। अरेरेरे बिटवा, बचवा, जलन्तुवा, तुम्हारी चच्चो और मैं बचपन की सहेलियाँ हैं। बचपन की सहेलियों ने एक-दूसरे के सपनों को देखा है इसलिए एक-दूसरे से नफ़रत करती हैं, पर तो क्या ?

मैं उसकी चच्चो की सुरमेदानी खोलती हूँ और चाँदी की उसकी सलाई को उठाती हूँ कि मन गुदगुदा जाता है।

बिटवा ने फिर से मुझसे बोलना तज दिया है। जैसे मुँह बन्द तो बात बन्द। और मुझे ज़िद चढ़ी है कि रात-दिन उसी से बोलूँगी, कल्पना में ही सही ! और उससे वह सब कहलवाऊँगी जो वह कहने से दामन बचाता है। कल्पना में ही सही !

अब बहनजी तो रही नहीं। तुम हो और मैं हूँ। एक-दूसरे से हम न बोलेंगे तो क्या घुट-घुट मर जाएँगे ?

उसे देखती हूँ तो काम-धाम पे कौमा-विराम लगा, बिल्ली माफ़िक उसके पीछे हो लेती हूँ। उसे पता न चले। पता चल गया तो फिर उसका कद्दू-कोहड़ा थोपड़ा बन जाएगा और बातचीत की न्यारी इच्छा चल बसेगी। फिर वह कैसे मेरे बुलाए बोलेगा ?

धीरे-धीरे आती हूँ।

वह बरामदे में बैठा मच्छर उड़ा रहा है। गर्दन अन्दर धँसाए जैसे सोता बगुला है पर तभी सिर उठा के चारों तरफ चौकन्नी नज़र घुमा देता है और फिर जैसे आश्वस्त हो, गर्दन में धँस जाता है !

मैं बहनजी और अपने कमरे में यों बैठ गई हूँ कि चाहूँ तो भैंगी होकर एक आँख उस पर रखूँ, एक खिड़की पर, जहाँ से बहनजी अब बाहर नहीं, अन्दर देखती है।

मन ही मन बिटवा का थोपड़ा मैं ज्यों घुंडी पकड़ घुमाती हूँ, अपनी ओर, और कहलवाती हूँ उससे, कोरी कल्पना में !

"ललना..."

नाम ही लेकर पुकारता था शुरू से मुझे।

"हाँ बिटवा।"

"ललना..."

"ठीक बिटवा..."

"ललना..."

"फिर से तो कह बिटवा..."

"ललना..."

"हा ऽ ऽ ऽ," बड़ी-सी साँस खिड़की की तरफ घूमकर छोड़ती हूँ। उसका मुझे पुकारना।

वह सिगरेट सुलगाता है जिसका धुँआ गोया जल की सतह है जहाँ जमे मच्छर धुँए के उठने के साथ उठ जाते हैं। उसके जब-देखो-तब-कद्दू-कोहड़ा-थोपड़े से दूर।

पर मेरी सुकून की साँस अफ़सोस की आह में बदल गई है, दे देता मुड़ के एक कश मुझे भी !

बरामदा राखदान है जो झाड़ दी सिगरेट ? बहनजी नहीं रही न, तो गन्दगी फैलाने को आज़ाद ? नहीं तो हुँकारता—ऐश ट्रे।

क्यों बे, किसका नाम ऐश ट्रे था ? मेरा कि तेरी चच्चो का, नवाबज़ादे।

इस पर अफ़सोस की आह भरता है, "कहाँ का नवाबज़ादा," यही कहते हुए न ?

क्यों, कोई कमी रहने दी हमने तुम्हारे नवाबीपन में ?

"ललना..." बरामदे में उसका तप्त स्वर।

"हाँ बिटवा," मैं भी दुखी हो लेती हूँ।

"तुमने झूठ बोला।"

"हाँ बिटवा।"

"क्यों झूठ बोला ?"

"क्योंकि तुम चाहते थे वह झूठ।"

"मेरा भविष्य चौपट कर दिया।" अँधेरे बरामदे में उसके कन्धे हिलते हैं और मेरे हाथ अरबवीं बार, बिन सोचे, अपराध बोध में बढ़ते हैं उसे थपथपाने, मानो सच ही मैंने कुछ किया है।

पर वक्त रहते भूल सुधार लेती हूँ। मुँह बिचकाती हूँ—'बाबू विलायती !'

अँधेरे में गड़ रहा है वह।

"क्यों रे," मैं गुस्से से वलवलाती हूँ। वह सारा गुस्सा जिसे उस पर उँडेलने की ताक में हूँ।—"तुम हाँगकाँगी नहीं तो मैं ज़िम्मेवार ? होता भी तो

एटोमैटिक विलायती न होता तो भी मैं ही ज़िम्मेदार ?''

''वैसे,'' मैं उसे कटघरे में खड़ा करके आँखें चुभोती हूँ, ''तुम विलायती होना चाहते थे या भाग जाना चाहते थे उन बातों से जो कही नहीं जातीं पर सब जानते हैं ?''

''मुझे क्यों कोसता है,'' मेरे कन्धे भी हिलते हैं। ''मैंने कभी बताया तुम्हें, कोई हक जतलाया तुम पर ? जा, मेरी दुआ थी, हो जा जिसका, जहाँ का, मुझे क्या ?''

पर उसे तो अँसुआने की लगी है। कोई मज़ा नहीं आया आज उससे बातें करके।

जल्दी-जल्दी जतन करके सीढ़ियाँ चढ़ता है, खट खट खट। ऊपर छत पर जाता है, नीचे घर में आता है। नीचे घर में जाता है, ऊपर छत पर आता है। मुझसे दूर होने और बहनजी के पास होने ? मुझसे दूर होने कि मेरे पास न हो जाए ? कि बहनजी के पास होने ?

मैं पीछे-पीछे चली जाती हूँ। ऐसे कि छिपी भी रहूँ पर चाहूँ तो दिख भी जाऊँ !

बिटवा पर हक जतलाने नहीं। इस घर पर, इस छत पर। अरे छुटके, तुम थे कहाँ जब हम यहाँ थे—बहनजी और मैं ? तो छत हमारी कि तुम्हारी ? होगी यह नाक तुम्हारी मेरी की हूबहू कॉपी, पर नाप कपड़ों का एक तो बहन जी और मेरा था।

वह दो जोड़ी कपड़े लेकर प्रोग्राम की पर्ची के मुताबिक छत पर आती। छन छनननन् !

डरी-सहमी बिल्लियानी चाल।

मैं उस दूसरे घर से आती कि अभी किसी काम के लिए मेरी याद नहीं आनी है।

क्या मज़े के वहम थे—कोई देख तो नहीं रहा ? क्या मज़े के डर थे—कोई सुन तो नहीं रहा ?

मगर जब बेनाम लल्लन की और उपनाम चच्चो नीचे सो चुकीं तो फिर क्या, ऊपर दरवाज़े से निकल ताज़ातरीन ललना और अम्बिका बहनजी मिलेंगी। दरवाज़े की चौखट पर चप्पल उतार देंगी। नंगा पाँव छत की तरफ बढ़ाएँगी। पूरा पाँव छत पर रख देंगी। शीतल उसकी छुअन। पूरे तलवे में छत।

पहली बार वह हँसी तभी छूटेगी, जो तुम कभी नहीं हँसोगे। ऊपर दो लड़कियों के भूत हैं ? जो हर स्वाद, हर सिहरन, हर सुगन्ध पर जी उठते हैं ?

"क्या लाई हो ?"

"गन्ने।"

अमलतास की डालियों में घुसकर दो भूत कपड़े बदलतीं। जो कपड़े शादियों में जमा होकर बक्स में कट जाते हैं उन्हें रंगमंच के सलोने कॉस्ट्यूम बना के।

हम कितनी सुन्दर थीं।

छत भी कितनी सुन्दर थी। बिखेर देती निरे साये कि हम उनमें लुप्त हो जाएँ। दाँत से गन्ने की पोरी छीलें, मगन-मन चूसें, मीठा-मीठा रस मुँह में भरके उसके बीच से बातें बनाएँ।

"मैंने कभी किसी को नहीं बताया..."

"कहती किससे ?"

"किसी से कहना मत।"

"किससे कहूँगी !"

"कितना दुख हुआ होगा।"

"बहुत दुख होता है।"

चूस-चूस के गन्ना थूकते जाते और छत से दोस्ती गाढ़ी होती जाती।

उस छत पर दूर से आती थीं लेबरनम हाउस की आवाज़ें जैसे जाड़ों की धुँधकार में गन्ने के खेत से होकर गुज़रता हुआ आता गाँव का शोर, हमारे कानों तक आते-आते मीठी धुन बनकर।

क्यों न आ जाएँ फिर बार-बार लड़कियों के भूत छत पर मिलने ? छत पर मिलने कि छत से मिलने ?

कहने दो लोगों को कि दिखाई पड़ती है वह लहँगा पहने छत पर, इधर से उधर क्रास करती, किसी न किसी के बेटे को बिगाड़ती। जब तुम, बिटवा रे, तक यही सुनते हो तो मैं क्या कहूँ ? मान लेती हूँ कि यही होता आएगा कि एक का लहँगा फहराएगा, दूसरी का लहँगा पतलून नज़र आएगा ! वरना बोरियत का किस्सा न बन जाएगा !

बिटवा तो बस अपनी ही सुनता है। रोएँ-रोएँ में वही एक रोना कि मेरा अतीत, मेरा भविष्य, और मेरा अनचाहा मुझसे चिमटा...

लो बिटवा मैं क्या कहूँ ? मैं न अतीत न भविष्य को अधिकार मान रही हूँ। मुझे तो रहने दो मुक्त। लो बहनजी मेरा यह अधिकार। लो बिटवा मेरा यह अधिकार। एकदम अधिकार-विहीन हूँ, इससे पहले डरती थी। बहुत पहले।

आज सुबह-सुबह ही कोहड़ा थोपड़ा देखने को मिल गया। जैसे यह भी मेरी ग़लती कि उसकी नींद साढ़े छह पर खुल गई ! मैं तो हर सुबह की तरह अख़बार वाले की साइकिल की घंटी सुनकर दरवाज़े की तरफ बढ़ी। और उसी पल जनाब बिटवा भी अख़बार लेने उठ आए। सामना हो गया मुझसे ! थोपड़ा हो गया कोहड़ा !

बाबू विलायती धरा रह गया। ठेठ देसी गँवई कोहड़ा रह गया !

मैंने उठा के अख़बार पकड़ा दिया तो जैसे झुस्स-भुस्स चेहरे से मधुमक्खियों की अग्नियाँ मेरी तरफ उछलीं। झुस्स-भुस्स !

छीनूँ अख़बार वापस और डाल दूँ ज़मीन पर फिर से कि जाओ ख़ुद ही उठाओ, अपने पर अपना ही हाथ छुलाओ ?

देखती हो बहनजी, मैं खिड़की पर वापस खड़ी हो गई, जहाँ से भीतर झाँकने आती होगी बहनजी अब। खुश हो लो देखकर। अब भी वह तुम्हारा ही है, डरो नहीं।

बगल के घर से मसाला कूटने की नाक खुजलाती ठुकम्मस आती है।

और देखो। अर्रे ! वह बेल तो रातोंरात पीले फूलों से लद गई है। न करो विश्वास, कल तो बस पत्ते थे, उनमें लुके-छिपे दो-तीन फूल। आज देखो।

यह मौत का घर है !

ऐसा ही होता है मौत का घर। कद्दू से चेहरे, फूलों की बहार, अगल-बगल।

देखती हो बहनजी ?

देखती है। मेरा आँसू पोंछती है।

ऐसा ही होता है मौत का घर। मरे हुए जीते हैं, जिए हुए मरे रहते हैं ! आँसू पोंछने उस लोक से वह लौटती है, यहाँ वाले अन्धे रहते हैं।

फूल बेल को लहलहा रहे हैं और भौंरा दीवार को, देखो बहनजी। भौंरा भी, उसका अक्स भी। उसका अक्स इतना गाढ़ा, इतना जीवन्त, कि पकड़ना चाहो तो धोखा खा जाओ कौन असल कौन नक़ल !

ऐसा ही होता है मौत का घर। मरे हुए असल और जिए हुए नक़ल बन जाते हैं।

बिटवा चाय की ट्रे देखकर बरामदे में जा बैठा है, अख़बार सिर तक ओढ़े। बेचारा उसी में घुटता रहेगा जब तक जान न जाए मैं ट्रे रखके हट गई हूँ !

हलुवे की खुशबू उस मेरी-जैसी नाक में जा रही होगी। सब्र कम हो रहा है ? कहना चाहता है हट हलुवा ठंडा न कर ?

पर नहीं कह सकता, मैं खुश होती हूँ यह सोचकर या फूलों को देखकर। ऐसे खड़ी रहूँगी जैसे ललकार रही हूँ—कह। कितना ज़ोर इन बाजुओं में कि उसको बिना छूए, बिना दिखे, ऐसे एक जगह निस्पन्द ठोंक देती हूँ जैसे कील लगा के बेजान कुछ दीवार पर !

ट्रे लिये खड़ी रहूँ ? अपनी ताकत पर दो पल और इतराऊँ ?

भाड़ में जा के खयाल के साथ चाय और हलुवा रख देती हूँ और चप्पल घिसट-घिसट घिसटती निकल जाती हूँ। लो अपुन गए !

गर्मी है अभी भी, पर दिन देखो छोटे होने लगे हैं। जाली के दरवाज़े-खिड़की बन्द कर दूँ—यह हरे-हरे कीड़े क्या काटते हैं ! दिवाली तक रहेंगे।

उसके कमरे को भी चुपके से बन्द कर आऊँ। अभी वह बरामदे में हलुवा खा रहा है। मुझे दुत्कार, मैं जो खिलाऊँ उसका सत्कार !

रात में बत्ती मत जलाना यहाँ, कैसे कहूँ उससे ? भर जाएँगे यह कीड़े फिर सोने नहीं देंगे यह मच्छरों के बाप, कैसे कहूँ उससे ? मुसीबत हैं, खिड़की-दरवाज़ों की ज़रा-ज़रा सी दरार से भी आ जाते हैं।

खिड़की के छेद को कागज़ अटका के बन्द कर दूँ।

आह, पीले फूल यहाँ से भी नज़र आ रहे हैं।

देख लो बिटवा, मन चंगा हो जाएगा, दूर से दुआ मारती हूँ।

मारते ही वापस खींच लेती हूँ। ज़बर्दस्ती किसी को आशीष क्यों दूँ ?

उसे ख़ासकर जो मुझे भूल से देख लेता है तो यों ब्लैंक कर देता है आँखें जैसे अन्धा हो गया।

कितनों को अन्धा बना चुकी है यह ललना ! यह ऐसी बात कि जो बार-बार बार-बार होकर भोथरा चुकी है। न डराती है, न चुभाती है, अब हँसाती है।

पर हाय अम्मा, वह इस घर में आने के फ़ौरन बाद की रातें, जब मैं पौर के पास वाले कमरे में अकेली सोती थी, बाँध के खटोले में दुबकी, खिड़की पर होती खड़ खड़ पे धक-धक सोचती कौन पत्थर मार रहा होगा, वह हरामी भतीजा तमाचे के जवाब में...उसके गुट गिरोहवाले...मोहल्ले के एक से अनेक पुनीत जन...?

हाय-हाय इस ललना के तन-मन में भी कभी भय के लूहर बहे !

मैं चुप पड़ी रहती मानो लाइफ़ में अब सोने से मुझे क्या लेना-देना। जागते रहो। पत्थर खड़खड़ा के गिरा ? गर्मी है पर खिड़की खोलूँ और मैं ? बत्ती भले ही खोल दूँ !

लो जला दी। ऐं ! बाहर तो और अँधेरा हो गया ! कोई चुपके-चुपके छेद से, दरार से, कहीं न कहीं से देखता है मुझे।

न रे बुझा दो। मगर अब दैत्य है अँधेरा, मुझ पर झुका आता !

अँधेरा ? दैत्य ? तुमरे चाचा। खड़े हैं दरवाज़े के बाहर। ज़ंजीर लगी है पर क्या मालूम जहाँ पाटों को धकिया के झाँकने की जगह बना ली है वहाँ हाथ अन्दर डाल सकते हों ? खोल सकते हों ज़ंजीर ?

मैं उछलकर बैठ गई थी अँधेरे में चादर ऊपर खींचती और बरबस हुआ होगा कि मेरे बजाय खटोले ने चूँ चीं कुछ की !

"क्या है ?" ओम बाबू अन्धे होकर पूछ बैठे।

इतने बरसों में और कभी नहीं बोले मुझसे !

"तुमने बताया क्यों नहीं मुझे ?" अम्बिका बहनजी ने झड़झड़ाया। उसे क्या ख़बर कि खुली छत पर चंडवात-सी निडर ललना पौर के पास के बन्द कमरे में चुहिया बन जाती है !

फिर हम पास-पास सोने लगीं।

बहनजी बिस्तर से उठ जाती। टॉर्च उठा लाती। बाल छितरा के मेरे चेहरे के पास आती। मुँह में जलता टॉर्च घुसाए मुझे जगाती।

टॉर्च की रोशनी उसके जामुनी गालों से लाल-लाल फूटती।

मैं हँस रही हूँ, डर रही हूँ, डर के उसे खींच शीशे के आगे कर दिया है। वह टॉर्च में जल रही है, मैं दाँत निचले होठों के बाहर फैला पिशाचिनी बनी हूँ।

हँसी। डर। अपनी ही आकृतियों को आईने में देख। लुत्फ़ के झकोरे।

ठक ठक कहीं।

"ऐ बहनजी सुना ?" मेरे दाँत वापस मुँह में।

ठक ठक।

"हाँ।" वह मेरी कमर में हाथ डाल देती।

"क्या है बहनजी ?"

"नए बाटा के जूते किसी के सो जाओ।"

चर्र चूँ ऽऽ

"ये ?"

"दूसरे घर का दरवाज़ा।"

खड़ खड़।

"हाय ?"

"और घरों में खिड़की नहीं ?"

ट्रीं ऽ ऽ ऽ

"बहनजी घंटी इस वक़्त ?" मैं दुबकती जैसे डर की हुकुर पुकुर बाकी है।

"आँय ! किसकी मजाल कि घंटी बजाए ? हम दोनों के होते !"

खिस-फिस हमारी चकल्लस शुरू हो गई !

"चुप वह जग जाएँगे।"

"चलो हमीं जगा दें।"

"मैं चीख मारूँ तुम टॉर्च मुँह में भरके डरा देना !"

सोते-सोते जो मैं बहनजी की मौजूदगी टटोलती तो वह सिर मेरा अपनी बाँह पर टिका देती और चद्दर मुझ पर ठीक से डाल देती। मेरे नए जीवन का वह अवलम्ब और उसके नए जीवन का मैं स्वावलम्ब।

जो दोनों ही बातें ओम बाबू को नागवार गुज़रीं क्योंकि इन दोनों में वह कहीं नहीं थे।

"जब मैं कहीं नहीं थी उनके जीवन में तब तुम बोलीं ?" बहनजी अब गुस्सा करने लगी थी। "सारी दया तभी क्यों आती है जब वह मायूस लग रहे हैं ?"

ओम बाबू मायूस लगने लगे थे। जैसे उनके लिए यहाँ जगह कम होने लगी है पर अब है कि यहीं जगह पाने की उनकी इच्छा पनप रही है !

तुम नहीं थे बिटवा, बस हम दो लड़कियाँ थीं और एक आदमी उन्हें देखा-अनदेखा करता कि कैसे इस नए अनजान गचके से सँभलें ? ऐसे जाने लगे हाँगकाँग ओम बाबू जैसे पीठ पीछे क्या मालूम अब और क्या होगा ?

तुम होते भी बिटवा तो नहीं जानते। इन बातों का तुम्हारी ऊँची शिक्षा और मेरी भूली कुछेक-कक्षाई शिक्षा से ताल्लुक नहीं है कि जान पाओ। परम्परा के पुजारियो, तुम इस साझी परम्परा को पहचानते भी हो जो दो लड़कियों को वसीयत में मिलती है ? फिर चाहे एक इस घराने की हो और दूसरी कहीं की नहीं। फिर चाहे एक यहाँ रहती थी दूसरी कहीं और। मन के एक-से उद्‌गार, तन के एक-से रिसाव, इन्द्रधनुष के रंग से घुरेट देने की एक-सी मंशा।

होली दिवस ! और बहनजी ज़िद्‌दियाई हुई कि हर साल सबसे मिलते हैं, इस साल भी मिलेंगे।

प्रेमानन्द ताऊ सपरिवार। हवन्नक चेहरे। मुझे न देखती आँखें। मैं पर्दे में पर्दा बनी अकम्प खड़ी कि पर्दा भी न हिलने पाए, कि ऐसा हुआ तो बहनजी के लिए सबका आदर-भाव कलुषित न हो जाए।

वह वैसा दिन जब ललना खुद जुटी थी ललना को अदृश्य बनाने में !

वह वैसा दिन जब मैं अन्दर, बाकी सब बाहर। बाहर, शोर करते। शोर, जो और दूर होता जाता जैसे-जैसे मैं और भीतर गड़ती जाती।

गुझिए की प्लेट बहनजी मुझे ज़बरदस्ती थमा रही है। पर अदृश्य बनते-बनते अपनी तो साँस ही सुनाई पड़ना बन्द हो चुकी है।

"बस ललना बस," बहनजी कहती रही, जब बाद में साँस गरजने लगी !

"अच्छा चलो मैं साफ़ कर दूँ," वह बोली।

पटरे पर बिठा मेरे बाल खोल रीठा और शिकाकाई सिर पर फेंटती गई। बातें करती गई। वह बातें करती गई, मुझे नहलाती रही, मैं रोती रही। पानी उलीच कर बेसन मला जो नीला-लाल-काला मैल बन बहने लगा। अपनी भी आँख-नाक में उसने झार मल लिया और लगी सुँड़ सुँड़ सुड़कने। उसकी बातों का हमारे बचपन से चला आना था बस, और कोई सबब नहीं। उसका कसके मुझे नहलाना मेरा अतीत साफ़ कर देना था बस, और कुछ सबब नहीं !

जब लेबरनम हाउस में नए कपड़े पहनकर लोग निकले तब मैं उस रेलम-पेल में इतना सज के, इतनी धज से निकली कि एक फुरेरी-सी दौड़ गई कुछ आँखों में, फिर वे सारी की सारी अन्धी हो गईं।

देखते-देखते देखना बन्द हो गया !

उसी तरह जैसे तुम नहीं देख रहे बिटवा।

और तुम्हारे चाचा न देखते।

"मुझे भी नहीं देखते," बहनजी भभकारती।

बहनजी को जब ब्याह लाए ओम बाबू तो छोटी ही थी। एक दिन वे मंजन कर रहे थे और बहनजी ने मंजन की ट्यूब को बेतरतीब दबा देखकर उनसे कहा, "जहाँ मैं रहती थी वहाँ सीखा था कि नीचे से दबाना शुरू करो और सुथरेपन से ऊपर बढ़ो।" ओम बाबू के मुँह में मंजन था। वे बोले नहीं। आँखें जलीं और उठा के ट्यूब उन्होंने तोड़-मरोड़ मंजन फैला दिया। "थू"—फिर मुँह का झाग थूका और अब भी झाग से पुते, बोले—"और यहाँ ऐसे।"

ओम बाबू ने समझा सब मामला फ़िट, कि किसकी क्या जगह वह पता हो गई। पैसा, और पैसा, बनाने में वे जुटे रहे ! पत्नी के लिए अनाप-शनाप खरीदारी करके वे सन्तुष्ट। मार चीजें लाकर उस पर लाद देते।

"यह देने में कुछ देना हुआ ?" बहनजी मुझसे बोलती। "दिया क्या मुझे ?" वह मेरा हाथ पकड़ती। "बिटवा तक तुमने दिया।"

मैं पुलक से उछलती हूँ जैसे बहनजी है पास कहती कि चल चलें अपनी छत पर।

बिटवा का अख़बार गिरा ? चाय गिरी ? मुझे इस तरह दौड़कर ज़ीना चढ़ते देख ?

उतनी ही तेज़ी से वह भी दौड़ा आया है। मेरे पीछे-पीछे।

क्या खूब पाँसा पलटा !

मैं यों दिखाती हूँ कि मैंने देखा नहीं ! आगे-आगे चलती हूँ पेड़ों और बेलों की ठुमकती-मटकती छायाओं पर निहाल। सच पत्ते ऐसे भर रहे हैं कि खुशी से हज़ारों-हज़ारों हथेलियाँ जीवन लुटाती खुल पड़ी हैं।

जड़ें न होतीं तो ये पेड़ भी दौड़ते !

चप्पल लचक गई। मैं गिरी नहीं, सिर्फ लड़खड़ाई। पर बिटवा ख़ुद लचक गया ! क्या तुमने पहन रखी हैं यह चप्पलें ? या डर के जो दौड़े आए हो वह डर अभी थमा नहीं ?

फिर भी झेंप जाती हूँ। सोचता होगा जान कर, डराने को, गिर रही थी। ऐसे सस्ते डर मैं नहीं देती, कह पाती तो मुड़कर सुनाती।

"मुटल्ली हो रही हो," बहनजी कहती। पर अब है कहाँ जो कहे ?

उसे याद किया इसलिए अपने को जामुन की डालों के नीचे पाया ?

बरसात में इस पेड़ पर जामुन पट-पट पकते। जामुनी बहनजी अपने ही प्यार में जामुन तोड़ती थी यहाँ आकर !

उसको देखा तुम लोगों ने ?

किसी की काया को वह नहीं समझो। नम्य निरिंग उस काया के आगे-आगे जो अदृश्य भूत चलती, उसे देखा तुमने ? छत पर, बहनजी के सधे पाँव के आगे पड़ता उसका छनक-मनक पाँव ? पीछे-पीछे काया चलती, आगे-आगे

वह अदृश्य दौड़ती। अँधेरों में बहनजी मेरा हाथ पकड़कर दौड़ी तो वह—उसकी काया के आगेवाली—और तेज़ दौड़ी ! निरन्तर उससे आगे। अतिलिप्सा से भरी, कभी अपने में काफ़ी नहीं, हमेशा उससे ज़्यादा की चाह, अपनी ही खाल को फाड़ के निकलती !

चुपचाप खड़ी होकर जामुन तोड़ती तब भी डालों पर बढ़ी उसकी बाँह के आगे वही बेइजाज़त, बेलगाम, अदृश्य उसके अन्दर वाली !

गई बरसात तो जामुन कहाँ ?

गई बहनजी तो जामुन क्या ?

लेकिन वह खड़ा जायज़ा जो ले रहा है, क्या दौरा चढ़ा इस मुटल्ली को ? डालें, पत्ते, हिलाकर खोजती हूँ—दिख जाएँ चार छह जामुन तो बात बन जाए कि यही तोड़ने आई थी ऊपर !

ऊपर धूल झड़ती है और टूटे पत्तों से निकलता कसैला गोंद उँगलियों पर खुरदरी चिपचिपाहट बन रहा है।

जामुन के पत्ते उबाल के पियो, रक्त की बीमारी ठीक हो जाती है। खाँसी खुल जाती है।

आइडिया—पत्ते तोड़ने आई थी, अच्छा ! जाओ अब। बिटवा को फिर मन में सम्बोधित करती हूँ।

कहाँ रखूँ यह पत्ते ? पल्लू में डाल दूँ ? बहनजी की साड़ी के !

जैसे अपना क्या कुछ नहीं डाल दिया वहाँ बिटवा, मन ज़ोर का ठहाका लगाता है। तुम सबकी तरह अतीत-अधिकार भविष्य-अधिकार को रोती तो यह रुनझुन चाल कहाँ से पाती ? फिर कहती न रहती बहनजी की तरह—"मैं नहीं ललना, सब देख रहे हैं ?"

देखने को खड़ा जो कर देती अपना पुतला बहनजी कि लोग बुराई न करें। बुराई ! सबकी यह क़िस्मत कहाँ कि उनकी बुराई हो ! बुराई का रंग काला होता है। जिसकी बुराई हो वह फिर कालिमा में लुप्त होकर आज़ाद हो जाता है !

इस छत से वह छत छह सीढ़ी नीची। एकदम सीधी सीढ़ी की एकदम टेढ़ी परछाईं। धीमी उसाँसें लेती। हाथों का दोना बनाए सीढ़ी उतरती हूँ तो फिर चप्पल मुड़ जाती है। लो फिर लचकी।

बिटवा ने कोई आवाज़ नहीं की है पर अकबका के सामने आ गया है।

जैसे बचाने मुझे !

कड़ी धूप में हम दोनों आमने-सामने झेंपते खड़े हैं। इस तरह आँख कब से नहीं मिली है। एकटक। दइया रे दइया, बुद्धियाँ पड़ गईं कुन्द ! इस झलामल रोशनी में।

गरमी बढ़ रही है कहूँ ?

पर गरमी तो कम हो रही है।

गरमी कम हो रही है कहूँ ?

तुम ही कुछ बोलो बिटवा।

सोचती हूँ क्या बोल सकता है इस शुभ-शुभ मौके पर और गढ़ती हूँ उसके लिए शब्द—कैसी ज़िगज़ैग वक्रचाल है, सीधी क्यों नहीं चलती ?

लगता है बोलता तो आवाज़ यों आती ज्यों रास्ते में थूक में लिसड़ गई !

ज़िगज़ैग, मैं नीचे सीढ़ी की परछाईं देखती हूँ। सुझा दिया बिटवा ने सटीक शब्द। सीधी सीढ़ी की ज़िगज़ैग परछाईं।

बधाई, मैं मन ही मन कहती हूँ।

बिटवा जेब से रूमाल निकालता है। मैं उसके हाथ से बचते हुए जामुन के पत्ते उसमें डाल देती हूँ।

रूमाल मत दो, कुट्टी होती है, तुम बच्चा-पार्टी का अन्धविश्वास था।

हुई न ? कौन कहता है यह अन्धविश्वास निराधार है ?

तो क्या जग-भर ने ओम बाबू को रूमाल दिए जो उनकी हुई सबसे कुट्टी ?

वह जैसे देख रहा है सीढ़ी की तरफ, लगता है उसने भी याद किया कि यहीं से ग़ायब हुए वह रूमाल और सैंडल जो ओम बाबू के सन्दूक में मिले उनके कोमा के बाद।

ज़िन्दा होते तो कहती ओम बाबू बड़ी लम्बी उमर तुम्हारी, देखो भतीजा भी, ललना भी, एक संग याद कर बैठे !

बिटवा का कन्धा इस तरह झुका है कि सहारा लेकर उतर लूँ तो झटकेगा नहीं पर मैं सोच में पड़ गई हूँ कि तुम्हारे चाचा पीछा करते आए, नहीं आए, क्या क्या पता है तुम्हें ? इस छत पर कितने किस्से ललना-से मस्त फ़रार फिर रहे हैं ?

मामला संगीन होता जानूँ ? अब तक जो बातें बिटवा से होंठ सिए, बुत बनी बैठी करती थी, अब हरकतों के साथ करने लगी हूँ ! बुत में जान अनदेखे चली आती है और होता पहले है, कौंधता बाद में, कि होंठ बुदबुदा रहे हैं, उँगलियाँ लहरा रही हैं !

बिटवा बहरहाल पीठ किए बुत बना, ललना से बेख़बर बैठा रहता है।

वाह बहनजी वाह, क्या मौत का घर छोड़ गई हो !

मौत के भी घर में मगर बातों की फ़ितरत वही कि कहीं से चलकर कहीं। जी जनाब, अन्तहीन बातचीत चल रही है बिटवा और मेरे बीच, चाहे वह बेवकूफ़ यही जाने कि मेरी तरफ पीठ कर ली तो मेरे प्रति अन्धा-बहरा-लूला-गूँगा हो गया ! उससे तो उससे, मैं महरी से बात करती हूँ और वह सुन लेता है। आज आ गई हैं मेरे लिए धुप-धुप करती बाटा की सैंडल, मोटी गद्देदार सोलवाली !

"मेरा और बहनजी का नम्बर पाँच," यह मैंने महरी को बता दिया था !

तभी तो कोई जान नहीं सका कि था कौन वहाँ जामुन के पेड़ के पास छत पर उस डॉक्टर के साथ ! ललना और बहनजी के जूते, कपड़े, बालों के क्लिप, इस तन से उस तन पर ! कोई हिसाब था ?

पलटता है बिटवा मेरी तरफ मेरी कल्पना में। आज तक तो पूछ नहीं पाया, आज पूछेगा ?

"ललना।"

हाय नाम लेता है तो पल-भर मन भींज ही जाता है।

क्योंकि लेता ही नहीं !

"बिटवा।"

"कौन था ऊपर ?"

"अरे सुन सकेगा ?"

"लोग कहते हैं..."

"लोग तो ऐयार हैं..."

"दो साए सटे मिलते थे आए दिन।"

"होंगे किसी के दो साए।"

"कि चाचा जाते थे उनके पीछे-पीछे।"

"ओम बाबू छत पर नहीं जाते थे।"

"तो कैसे तुम्हारी और बहनजी की चप्पलें खोकर नीचे उनके कमरे में मिलतीं ?"

"चप्पलें हमारे इन्तज़ार में थक कर लौट जातीं !"

"उस दिन चाचा के पास डॉक्टर का रूमाल था।"

"होगा।"

"और..."

आज पूछ लेगा तो बता दूँगी ? काहे ? छोड़ दो बाइज़्ज़त। अधूरे जीवन की कहानी अधूरी।

"पाँच नम्बर बाटा की सैंडल ?"

"किसकी ?"

मेरी कि बहनजी की ? मैं ठाठ से हँसती हूँ। बहनजी आ जाओ, दिल मसोस उठता है, मिलकर हँसें।

बहनजी के नाम की सम्भावना पर कैसा टुकुर-टुकुर ताकने लगता है। अ रे रे रे यह क्या सोच रहा है बिटवा ? मैं तुम्हारी चच्चो की बुराई करना चाहती हूँ ? क्यों भला ? उसने मुझे पंख फैला के नीचे दुबका लिया। तू मेरी सहेली है। छोड़, नहीं करता लफ़ंगा शादी, हम सहेलियाँ हैं। भूल जा कोई गाँव, कोई खुर्राट वहाँ। कोई नहीं अब कहने वाला यह घूँघट, यह बिछिया, यह पल्लू, हम तो हैं न साथ। उस बहनजी की बुराई मैं करूँगी ?

उस बहनजी की ? जिसने तुझे जन्म दिया ? घुग्घू कहीं के, वह न होती तो हिम्मत थी कि तुम्हें इस जग में आने दिया जाए ?

"ऐसी-वैसी नहीं थी चच्चो।" हकला पड़ा है बिटवा।

ऐसी-वैसी ? बख्शो-बख्शो, क्यों उस मरी बेचारी को जान से मार रहे हो ? क्यों हम सहेलियों को अदृश्य करना चाहते हो ? यह हमें देखने की तुम लोगों की लत कि हमें ही हममें से ग़ायब करके !

मगर बिटवा को चैन नहीं पड़ रहा।

ऐसा ही होता है मौत का घर। जो जी रहे हैं वे भूत बने फिरते हैं, घर, छत के एकान्त में, जीवन से आँखें चुराते।

ऐसे ही होते हैं प्रियजन के जाने के बाद रह गए लोग। जैसे सच वह भी चले जाना चाहते हैं !

बिटवा छत के जिस हिस्से को घूर रहा है वहाँ पुताई हो रही है। अभी से दीवाली की पुताई।

दीवाली को बरसात के बाद नहीं आना चाहिए। छत और दीवारों से गीला चूना पेड़ों पर जा छिटकता है और सारे पत्ते धब्बेदार हो जाते हैं। अगली बारिश तक फुंसियों से बीमार।

हम दीवाली नहीं मना पाएँगे। वरना लाती लॉकर से निकालकर बहनजी का हीरे का सेट और पहनती। पर उस खिड़की पर दीया जरूर जलाऊँगी जिस रास्ते हम दो का साथ हुआ। हमारे लिए तो उसी रास्ते लक्ष्मी भी आई, सरस्वती भी, माँ दुर्गे भी !

वरना कहाँ रह गई होती ललना, सोचकर ही पीठ पर झुरझुरी दौड़ जाती है।

वह रहा सामने वह घर जो कभी प्रेमानन्द ताऊ का घर होता था। उसे देखकर न मुझे कुछ याद आ रहा है, न कुछ याद आना चाहता है।

याद मिटाने के भी क्या-क्या ढंग हम पकड़ते हैं ! मैंने एक बार चाहा था कि खरीद लूँ उस घर को। "क्यों," बहनजी चिढ़ी। "बस अपने बदले हुए तेवर उस घर पर चस्पाँ करने ?" नहीं खरीदने दिया मुझे घर, मानो जो मोहल्लेवालों ने ताना दिया कि अब यह हमारे बीच स्वतन्त्र मकान मालकिन होगी, उन्हीं से सहमत होकर।

पर दोस्त की जलन किसी और तरह की थी। पहली बार ललना उसके अवलम्ब से हटकर निश्चय कर रही है। वह रोई मेरी गोद में सिर रख के—"हम कितनी छोटी थीं जब मिलीं।" जैसे घर खरीद लूँ तो मैं उसके साथ कोई फ़रेब कर रही हूँ!

मर गई बहनजी।

मर गए होंगे ताऊजी भी, कहीं छिपकर। मरेगा वह घर भी। जब वहाँ खँडहर हो जाएगा तो उन दीवारों से पीपल फूटेगा, बरगद निकलेगा। उजाड़ उसकी छत पर कितनों की आत्माएँ घूमेंगीं ? पूर्वजों की टोली आगे-आगे चलेगी, मुंड अहंकार में हिल-हिल हिलाती, उँगली आरोप में। फिर भी होगी ललना जो रोएगी-हँसेगी तो दिल खोल के और रति-मिलन में बावली होगी तो हो ही लेगी बावली कि पता भी नहीं चलेगा घेर रखा है उसे शुष्क आत्माओं ने।

नीरस, नीरस, मैं बिटवा को देख के उसे झिझकारती हूँ। नीरस रख छोड़ेगा क्या जिन्दगानी अपनी ? कोहड़ा कद्दू बन के जीवन से इश्क करेगा ?

पूछे तो बताऊँ इश्क वह नहीं जो आप सब समझते हैं होता है—आदमी और औरत और औरत और आदमी और बॉडियाँ बॉडियाँ बॉडियाँ ! लव अफ़ेयर लव अफ़ेयर ! ललना ओम बाबू के साथ...ललना फ़लाने ढमाके के साथ... ललना उस डॉक्टर के साथ...कोई और उस डॉक्टर के साथ...। ये लव अफ़ेयर हैं तो नगण्य हैं, कल्पना हैं तो घिसी-पिटी।

पर जब हवा के झोंकों में अँधेरा लहराने लगे और छत की धुरी आकाश को ही नीचे खींचे जाए तो होता है कुछ कैसा ! तो दो सहेलियों को कोई नहीं रोक सकता, न कुछ मिटा सकता। हमारे दिल उछलकर मुँह को आ जाते हैं और एक लपक हमारे आगे नाचती जाती है और उस लपक को गुब्बारे की तरह पकड़ने के लिए हम उसके संग बढ़ते जाते हैं।

क्षिति जल पावक गगन समीरा। ऐसे मिल जाते हैं पाँचों तत्त्व कभी कि पूरे की सृष्टि हो जाती है।

हम दोनों छत पर बार-बार जाती थीं। और किसी से नहीं, उस लपक से मिलने। जो कभी छत की बिखरी सुनहरी लालिमा में। कभी छत पे उड़ते पत्तों-सी रुपहली चाँदनी में। कभी धीमे-धीमे गफ़ होती जाती छत की हरियाली

शामों में।

डॉक्टर यह नहीं समझा था। कि हम तो कर रहे थे खुली हवाओं से प्यार, वह तो इत्तेफ़ाकन उसमें बहा चला आया और उस पर भी बरस गए कुछ कतरे।

ओम बाबू को इंस्युलिन का इंजेक्शन लगाकर वह छत पर आ जाता हमसे छुपकर हमारा गाना सुनने।

उस दिन बरसात थमी थी।

हम ज़ीने से चढ़कर ऊपर आए थे। छत का दरवाज़ा खोला...।

पीछे सब बन्द बन्द—दीवारें, दीवारों में दफ़न घर। आगे खुला आसमान। तिरमिर सिन्दूरी बादल।

चप्पल उतार दीं। पाँव आगे को बढ़ाने जो उठाया तो फिर भीतर के जीव ने हल्का-सा धक्का मारा। हल्का-सा हिचकोला और हर बार की तरह हम जाने-बूझे जग से इक ज़रा-सा आगे छिटक आए, किसी और ही लोक में जहाँ दिन-प्रतिदिन कोई गहन परमात्मा सूरज को पहले-पहल रचता है और चमकने छोड़ देता है, जिसकी रोशनी में हर कण पर देर शामों तक कोई अलग निराली झिलमिली बैठी रहती।

उस छत पर निकल आने वाले हमेशा दूर नज़र आते हैं—आकाश के तिरमिर पर्दे पर अंकित गाढ़ी तिलिस्मी परछाइयों से।

क्यों वहाँ हमारे गले खुल जाते थे ? दूर जाते थे उनके सोज़ जो दूर से लौटते थे वहीं कहीं छत पर झुकी डालियों में खो जाने।

ग़लती से डॉक्टर एक ऐसी ही डाली को थामे खड़ा था। ग़लती से वह भी थरथराते सुरों की लपेट में आ गया ! बस ग़लती से वह भी उन डालियों में गुँथा चला आया जिन पर हम सोज़ फेरते-फेरते हाथ फेर देतीं।

हमें क्यों पता चलता ? हम मुँडेर पर टाँगें झुलातीं बैठी रहतीं और नीचे घर के दो और प्राणियों की भूख या बीमारी के खयाल को जब और न ढकेल पातीं तो उतर जातीं।

बहनजी का शॉल उस दिन भी सरक गया था।

नीचे के तल्ले पर जहाँ डॉक्टर निमग्न खड़ा था, फहर गया था।

डॉक्टर के सिर की सीध में बहनजी की कमर थी। उसने शॉल उठाकर

धीरे से उसकी गोद में सरका दिया।

बहनजी को पता चला ? मुझे पता चला ?

क्यों बताऊँ ?

हमारा गाना, हमारी बातें, तो यों ही दिन पर दिन और लुभावने होते रहते।

हमने आपस में भी कब कुछ कहा। बस आते दिनों में हल्की-हल्की फूँक की फुरेरियाँ बहनजी की कमर पर दौड़ने लगतीं तो वह मेरा हाथ भी वहाँ लपेट देती कि मैं जान जाऊँ उसे कैसा महसूस हो रहा है। मेरी भी बाँह पर हवा की बुँदकियाँ लुढ़कने लगतीं।

"कहाँ थी ?" बिटवा पूछता तो ओम बाबू आँख मिचिया के देखते और फिर उँगली में थूक लगाकर पन्ना पलट के कोई कतरन काटने लगते, पत्रिका को कैंची की धार पर गोल-गोल घुमाते, मगर कान उनके चौकन्ने हो जाते।

व्यंग्य देखो जीवन का कि बहनजी को जब सिर्फ़ पति चाहिए था तो ओम बाबू उसे फ़िलहाल-स्थगित कार्यक्रम की तरह एक तरफ छोड़, पैसा जनने में रम गए। जब उसने पति को नामंजूर कर डाला तो पति धन्धा समेट पालतू कुत्ते सा उसके आगे-पीछे नज़र आने लगा ! पर इस नई औरत को पकड़ें कैसे उन्हें कतई नहीं सूझता। कि जैसे अगर उनके सोच से फ़र्क उसका दिमाग़ है तो अब कुछ अपने हाथ में नहीं उनके !

बहनजी की रातों के वह गूझे पल...। जब वह बँधे जानवर की तरह तड़फड़ाती। मैं नहीं जानूँगी उसकी व्यथा तो इतने बरसों की दोस्ती का मतलब क्या ? जब मोहल्ले और एक नाचीज़ औरत के आगे उन्हें अपंग दिखाने वाली बहनजी को वे इस तरह अलग करते जैसे किसी बजबजाते जन्तु को छिटकते हों।

"क्यों जाती हो ?" मैं तड़प जाती।

"वह जब चाहते आ जाते, पर मैं..." बहनजी ऐसी भभूका लगती कि जैसे किसी ताक में है जो उसे दिन-प्रतिदिन किसी बुखार की तरह ग्रस रही है।

कौन जाने सच ही जो औरत अलग-मन जीवन जीने लगती है, औरताना आकर्षण खो देती हैं। कोई आकार, जो औरत है, उससे बाहर फट पड़ती है। उसे देखकर आदमी की न पिपासा जगती है, न वासना। न मन में वात्सल्य उठता है, न तन में मांसल इच्छा।

जो औरत पकड़ में नहीं आती वह औरत नहीं !

"कहाँ थी ?" बिटवा मुझसे पूछता।

मैं भी जवाब नहीं देती। न वह जवाब के इन्तजार में रुका रहता।

अधिकतर मुझे छोड़ बहनजी के पास चला जाता।

बिटवा भी तो बड़ा हो रहा था ! किस तरह की औरत की किस तरह की जगह है, वह ही क्यों न जाने ?

"देखती हो बहनजी ?" मैं कहती तो बहनजी अपने लिए खुश होती, मेरे लिए दुखी।

उसी आवाज़ में बोली, "कोई बात नहीं," जिसमें बरसों पहले बोली थी– "भूल जा उस घामड़ को जो नहीं करता तुझसे शादी-वादी।" एक और चेक थमा देती मुझे कि अपने अलग खाते में जमा कर दूँ।

बिटवा को शक हुआ था।

"इसने दुकान कैसे खोल ली," वह अचकचा के बहनजी से पूछ तो बैठा पर जैसे पूछकर बात ख़त्म, वह जल्दी से वहाँ से चला गया।

ओम बाबू को शक जब तक हुआ तब तक मैंने बहनजी के हस्ताक्षर करवा-करवा के उन दोनों की जॉयन्ट एफ.डी. भी अपनी तरफ सरका लीं। पूरा ब्यौरा तो बहनजी भी नहीं देख सकी।

ठीक ही तो किया। अपने तो चल दीं बिना चेताए ! मेरे नाम कुछ एटोमैटिक आ जाता क्या ? अपना अधिकार बताती फिरती ? ठेंगे से। जो लेना है ले लो। उतरन लेनी है तो वह भी सबसे शानदार लो। न रिश्ते की भीख माँगने को, न रोटी की भूख जताने को, आँचल पसारो। कलेजे के और कितने टुकड़े करने हैं ?

बचे-खुचे शेयरों से ओम बाबू ने अम्बिका नाम गायब कर दिया। मगर बिटवा का नाम सब जगह जोड़ने लगे। सन्दूक़ में रखे काग़ज़ात को घंटों जाँचते-परखते रहते।

लेबरनम हाउस में भूकम्प आया था। धड़ धड़ धड़ धड़ पूरा लेबरनम हाउस यों कि उसे चीरता रेलगाड़ियों का समूह निकल रहा है। सारे निवासी खिड़कियों पर दौड़ आए जैसे भूकम्प रोकने वाला वहीं बाहर है, उससे कुछ अर्ज़ करें। बाहर अकेले ओम बाबू खड़े थे हाथों में अपना काग़ज़-पत्तरों का भरा सन्दूक़ उठाए !

भूकम्प रुक गया था।

हुआ, उसका श्रेय ललना को ही गया !

जितना ओम बाबू के कोमा का।

कुछ भनक पड़ी थी पर समझ नहीं आया कि क्या आवाज़ हुई थी। छत पर आसपास कोई नहीं दिखा। दूर तो हवा भी वहाँ, साए-सा हिलती थी।

बाद में लोगों ने कहा धड़ाम हुई थी ! जब पता लगा कि डॉक्टर का रूमाल और बाटा की जूतियाँ नम्बर पाँच गायब हैं तब तक बहुत वक्त बीत चुका था और ओम बाबू सो रहे थे।

ओम बाबू !

लूँ न उनका नाम उस आवाज़ में जिसमें लिया जाता है ग़ैर-मौजूद का और फिर शून्य में देखते हुए हल्के से मुस्कुराया जाता है, जिसके हल्केपन में जीवन के हर दर्द का भ्रम है, दुख, कड़वाहट, बिलबिलाहट, दया, सब और फिर उस गए-गुज़रे की गाथा कही जाती है ?

कहा, उस आवाज़ में, ओम बाबू।

मुस्कुराई, उस भ्रमीले अन्दाज़ में।

और अब, सुनाऊँ, याद करके ओम बाबू को, याद करते हुए अपनी यादों को। जिनकी आदत है कि सिरा न बनने दें और ऐन बीचोंबीच से चल निकलें।

बड़ी बैठक का उनका कमरा। तख़्त पर सन्दूक और वह रहते। लम्बी आर्मचेयर बगल में। उसके पास उनका लकड़ी के खूँटोंवाला स्टैंड जहाँ उनकी टोपी और कोट और बरसाती लटकते जैसे हाँगकाँग से लौटने के बाद लटकने के सिवाय वह क्या करें।

ओम बाबू वहाँ लुढ़के पड़े।

धड़ाम छत पर हुई थी। न जाने किसने सुनी पर सब कहने लगे गश खा के देखो गिर पड़े, बदकिस्मती जो डॉक्टर वहाँ दिख गया।

खुशकिस्मती, फिर भी लोग कहते रहे, जो डॉक्टर वहीं था, देखो देख सका।

डॉक्टर ने कहा गिरे पड़े थे। छत पर नहीं, बैठक में। तख़्त पर उन्हें लिटाया और उलट-पुलट जाँचा कि नहीं चोट-खरोंच कहीं नहीं।

"ओम बाबू ओम बाबू," उसने उन्हें पुकारा।

"आँखें खोलिए।" आदेश दिया। "सुन पा रहे हैं कि नहीं ?" झझक के पूछा।

ओम बाबू का हाथ पहले हिला। कुछ डगडग होता सन्दूकचे तक जा पहुँचा। फिर उनकी आँखें खुल गईं।

"ठीक हैं न ?"

"क्या ?"

"ज़मीन पर कैसे थे ?"

"सो रहा था।" ओम बाबू बोले।

डॉक्टर हमारी तरफ मुड़ गया। "खाना खा चुके ?"

"हाँ।" मैंने कहा।

शुगर नापी थी। दो सौ। इस उम्र पर अच्छा नहीं। डॉक्टर ने पाबन्दी बढ़ाने की हिदायत दी।

ओम बाबू की आँखें बन्द थीं पर वे कह रहे थे सिर में दर्द हो रहा है और उनका एक हाथ सन्दूक पर, दूसरा बहनजी की साड़ी के कोने को छूता-सा, जैसे इस तरह उन्होंने अपना संसार गढ़ लिया हो।

"कह रहे हैं सिर में दर्द है," मैंने बताया।

डॉक्टर ने नब्ज़ देखी, माथे पर हाथ रखा, और ब्रूफ़ेन मँगाया। दो जबरन दिए गए पानी के घूँट के साथ ओम बाबू के गले के नीचे दर्द की गोलियाँ उतरीं।

डॉक्टर ने बहुत बड़ी ग़लती कर दी थी।

ओम बाबू शाम-भर सोए।

रात-भर वे सोए।

सुबह सोते रहे।

चाय ठंडी हो गई।

खाना ठंडा हो गया। दोपहर हो चली।

"कितना सो रहे हैं बहनजी।"

और फिर वह बवंडर। अस्पताल। टैस्ट। चोट सिर के अन्दर। न जाने

छत पर लगी कि बैठक में।

डॉक्टर से बड़ी भूल हुई। वह समझा ओम बाबू आराम से सोना चाहते हैं, आराम से बस सोएँगे, ओम बाबू कोमा की नींद में इत्मीनान से प्रवेश करते गए, अपने अगले बचे-खुचे बरसों के लिए।

जैसे कि पचास के होने न पाए, सीधे अस्सी के हो गए !

जब कोई इज़्ज़तदार पड़ोसी आदमी से लौकी बन जाता है तो सब इस अजूबे को देखने आते हैं। अपने बच्चों को बमुश्किल रोकते हैं कि वह कुदरत का और परमेश्वर का और ललना का यह करिश्मा न देखें। टू यंग बच्चों यू आर होईंग !

पर वे आते हैं अस्पताल के कमरे में। मिलनेवालों के लिए तय किए गए टाइम पर भी और जब मनाही है तब भी। बेधड़क घुसे आते हैं कभी बिना खटखटाए ही कि घोर निस्सहाय पल कोई उघाड़ पाएँ।

ओम बाबू की नाक में नली है, उनके हाथ में नली है, उनके पजामे में नली है, जैसे किसी धोबी-गट्ठर को लापरवाही से इधर-उधर सुतलियाँ बाँधकर टाँग दिया हो। अस्पताल की चारपाई लोहे का कॉट है और उसके सिरहाने दाएँ भी और बाएँ भी जो स्टैंड खड़े हैं वह भी लोहे के हैं। मोटी-मोटी बोतलें वहाँ उलटी लटकी हैं और उनके मुँह से ग्लूकोज़ और दवाई टप टप टप नली में गिरते हुए ओम बाबू की देह के दूसरी तरफ जा रहे हैं। कॉट के नीचे बँधी प्लास्टिक थैली में पीली पेशाब भर गई है।

इनके बीच ओम बाबू जीवित और बेजान पड़े हैं।

लोग सिहर के देखते हैं, पेशाब और क्लोरोफ़ॉर्म की महक उनके होश उड़ाने उनके दिमाग में चढ़ती है, वे पलटकर कमरे से बाहर हो जाना चाहते हैं और आपस में ताबड़तोड़ बोल देना चाहते हैं कि देखा क्या होता है अंजाम, मर ही जाते तो बेहतर।

पर जाने से पहले उन्हें एक ज़रूरी सामाजिक काम पूरा करना है, चूँकि लौकी के पास खड़ी एक औरत उस लौकी की विधिवत ब्याही पत्नी है। उस औरत के ललाट पर सम्मान्य पल्लू का साया है, उसके कंधों पर शाश्वत रिश्तों की धूल है। उसकी धवलिमा को उन्हें और भी धवलना है !

चिपट गईं आकर औरतें बहनजी से। "हा बहनजी यह क्या हो गया ? तुम बेचारी। क्या करोगी तुम बेचारी ? कहाँ जाओगी ? कितना क्रूर मज़ाक। घर का जो आधार वही बेकार हो जाए ? औरत को एक सूखी रोटी, एक चीथड़ा कपड़ा, एक अपने नाम का साया पति ही तो देता है। हा किस संकट में पड़ गई तुम बहनजी ?"

"पर रोना मत बहनजी। यह तुम्हारा प्रताप कि तुम सधवा हो। जैसा भी हो पति साथ है तुम्हारे।"

गर्व से रोने लगीं लेबरनम हाउस की औरतें।

क्या फुसफुसा पाईं कि उस दूसरी औरत, जिसने इन पर डोरे डाले और फाँसा, उससे छुटकारा पाने का ईश्वर ने यह तो नुस्ख़ा पकड़ाया है ? कि अब सत्यवान की सावित्री बन जाना तुम ?

मर्द खुद डबडबाए गले से बोल पड़े—"कितना कठिन इम्तहान पर बहन जी आप अब भी कर ले जाएँगी। आपकी जैसी ताकत और निष्ठा आज भी अपशगुन टाल देगी।"

"आप ही को सब कुछ करना है"—लोग इस तरह बताने लगे कि जैसे दुष्कर कार्य हल हो गया ! "इन्हें आपकी सेवा लौटा लाएगी। अपने को भूल जाइए। इन्हें एक पल भी अकेला मत छोड़िए अब। और किसी के भरोसे बिल्कुल नहीं। आप सीधी हैं, विश्वास करती हैं। ज़माना धूर्त है, खुदगर्ज़ है। बस आप हैं इनके लिए।"

मेरी आँखों के सामने बहनजी अन्दर, अन्दर, और अन्दर लुकती गई। ऊपर बाहर ख़ाली, ख़ाली, और ख़ाली होती गई। उजली श्वेत सफ़ेद धवल लकधक।

बहुत तेज़ उजाला भी तो ओझल कर सकता है !

लोगों के जाने पर डॉक्टर फिर बुदबुदाने लगा, "आई एम सॉरी आई एम सॉरी।"

डॉक्टर ने ग़लती से ग़लती कर दी थी। कोमा को मामूली नींद समझकर। भीतर की चोट को बाहर खोजकर।

उसका होनहार प्रस्ताव था। कोमा के मरीज़ के लिए प्राइवेट कमरा और नर्स वह रख देगा। अस्पताल में उसकी मदद से बुकिंग मिल जाएगी। उनकी देख-रेख की आर्थिक ज़िम्मेवारी भी उसकी। "सॉरी, आई एम सॉरी," वह

बड़बड़ाता गया। "वह ठीक हो जाएँगे।"

बहनजी ने मेरी तरफ डर के देखा।

"घर ले चलो," मैं बोली–"मैं हूँ न।"

"छोड़िएगा नहीं बहनजी," दुनियादारी के पक्के पड़ोसियों ने डॉक्टर को सुनाते हुए राय दी, "कोर्ट में ले चलेंगे हम मामला।"

मगर डॉक्टर ने तो ज़मीर में ही कोर्ट खोल लिया था। इन्स्यूलिन, कथीटर, ऐन शेन की नियमित सप्लाई के साथ-साथ हर महीने नोटों की गड्डी ओम बाबू के परिवार की सेवा-सुश्रूषा की पूर्ति के लिए पहुँचने लगी। जो ओम बाबू माह के माह बहनजी की मेज़ पर पहुँचाते थे उसमें भी कटौती न हो।

नहीं हुई।

और लेबरनम हाउस झंकृत हो उठा ! देखा, पति ही रहा अन्नदाता, होश नहीं है तो भी, देखा, पत्नी दुखों से रची, सेवा में संलग्न, अभी उसकी उम्र ही क्या है, कैसी जोगन-सी।

बहनजी ने लीं अपनी रंगीन साड़ियाँ और चटख-मटख ज़ेवर कि लो ललना, मुझे नहीं पहनने।

एल्लो हवाओं ! तुम ही हो बस !

यह नया रुख़ लिया बिटवा और मेरी बातचीत ने कि बात करते-करते भूल ही गई वह है भी आसपास कि नहीं, मुझे अनदेखा करता, पीठ मेरी तरफ घुमाए।

बिटवाजी गए, न जाने कब, और मैं कहाँ-कहाँ की उसे सुनाती रही।

पर न रे, उसे नहीं—ये सारी बातें उसे सुनानेवाली नहीं हैं।

आगे झुककर जाँचती हूँ, खा गया कि नहीं जो पुए और मिर्च का अचार भेजा था ? खा गया। कैसे न खाता ? जानता है न कि मेरा दाँव हमेशा उसे पछाड़ने का होगा ! न मान के तो दिखाए, पहुँच जाऊँगी पूरे डील-डौल को लेकर कि क्यों नहीं खा रहा घामड़, जिस सामने के लिए वह तैयार नहीं है, तो चुपचाप कौर मुँह में डाल लेता है !

बिला शक ललना से ठनगन में जीत नहीं सकते !

इसी डर में बड़ा हुआ है बिटवा कि कब हे भगवान यह मुँह खोल देगी। किसी और को मारना होगा लाफ़ा, कहीं और कोई खुराफ़ात सूझेगी और उगल न दे मेरी कहानी जी में आए तो !

विलायत तो सभी को जाना है पर तुम्हें बिटवा जाना कम, भागना ज़्यादा था !

निकला बाथरूम से। मैं ही चुपके से गीज़र ऑन कर आती हूँ—मौसम बदल रहा है, दीवाली तो हम मानते हैं ठंड के महीने में आती है ! एहतियात से कुछ नहीं बिगड़ेगा।

लेट गया है। ठीक है। तुम झपकी लो फिर उठकर मुझसे बातें करना।

आज कौन सी ?

लो, तुम्हें आश्वासन दूँगी—डरता क्यों है मैं कभी नहीं बताऊँगी। तुम्हारे

डर में झाँकती जो नफ़रत है वह मेरा मुँह बन्द रखेगी। मैं तो भर पाई तुम्हारी कोसना से–जैसे मैंने चुना कि इस बालक को धारण कर लूँ कोख में जिससे वंचित कर पाऊँ उसे प्रतिष्ठित, जाने-माने, वंश-वृक्ष से !

कोख के राज़ न तुम समझे, न तुम्हारी चच्चो। वह भी डरती रही कि तुम्हें उसकी तरफ झुकते देख मैं बोल न दूँ, निडर कहीं की मैं !

सुन लो दोनों, सुन सकते हो तो सुनो, मातृत्व का यह गूढ़ मन्त्र कि माँ वह नहीं जिसकी कोख भ्रूण उगलती है, माँ वह जिसकी कोख पुकारती है। देख सकते हो तो देखो, मातृत्व एक लहर है जिसकी गति कोख से बाहर को बढ़ती नहीं, बाहर से कोख में जाती है।

तुम बहनजी के ही बिटवा हो।

बहनजी तुम ही बिटवा की माँ हो।

बहनजी, मैं सिर उठाती हूँ, देखो तुम्हारे बेटे ने फिर मुझसे बोलना बन्द कर दिया है। जैसे जब ओम बाबू कोमा में थे। पर मैं उससे बात करती रहती हूँ।

''क्या कहते थे उसे बिटवा ?''

वह सो रहा है और मैं देखती हूँ कि जैसे वह उठ बैठा मेरी बातचीत पर !

''क्या पूछ रही हो ?''

''वही जो डॉक्टर नापता था ?''

''ललना,'' वह डफोरता है।

अच्छा लगता है ! ''हाँ बिटवा।''

''जान के अनपढ़ मत बनो।''

''याद नहीं बिटवा।'' मैं कुनमुनाती हूँ।

''झूठ।''

''हाँ।''

''सच बोलो।''

''फिर से पुकारो।''

''ललना। अब बोलो।''

''क्या ?''

''क्या कहते हैं उसे जो डॉक्टर नापता था ?''

"जी.सी.एस. स्कोर।"

"हाँ।" मास्टरजी बना है ! "स्टैंड फ़ॉर ?"

"ग्लासगो कोमा स्केल।"

"सब जानती हो।"

"हाँ।"

नहीं, बिटवा कहेगा, सब जानती हो ललना। 'ललना' जरूर कहेगा !

हम दोनों हँसते हैं।

बिटवा लगता है गहरी नींद सो गया है। कौन जाने क्या-क्या मन में दफ़नाए।

मैं हूँ कि बाहर बरामदे में बैठी उस सोए बुत से बात करती जाऊँगी।

पहली बार कुछ नहीं होता मौत के घर में। मुझसे पहले बहनजी ओम बाबू के सिरहाने स्टूल खींचकर बैठ जाती कि अकेले में उनसे बातें करे इसी तरह।

उनके कमरे में फ़िनायल का पोंछा मैं लगाती, नौकरानी नहीं।

सुबह-सुबह नहा-धोकर बहनजी दरवाज़े पर खड़ी हो जाती। यों धोखे से मेरी ग़ैरहाज़िरी में मर जाने के पहले।

ऐसा ही हल्की-सी खुनस वाला दिन।

बहनजी चप्पल उतारती है, कमरे में प्रवेश करती है, बिस्तर के सिरहाने खड़ी है, राख के पुतले से दीखते ओम बाबू पर आँखें टिकाए। वह आगे झुकती है, होंठ गोलाती कि जैसे फूँक मारने जा रही है यह जाँचने कि राख-सा भुरभुरा कुछ उड़ेगा ?

"बहुत बदबुआते हैं," वह कहती है और पलटकर खिड़की खोल देती है।

ओम बाबू पर सुबह की सुनहली किरणें थिरक रही हैं।

मैं खिड़की बन्द कर देती हूँ। "रुक जाओ ज़रा," बहनजी को फटकारती हूँ।

बहनजी स्टूल खींचकर बैठ जाती है और होंठों ही होंठों में ओम बाबू से बातें करना शुरू कर देती है।

मैं उन्हें सहारा देकर उठाती हूँ। ढेर सारे तकिए लगाकर दीवार की तरफ उनकी पीठ टिका देती हूँ। सिर लुढ़कता है, आँखें बन्द हैं।

लम्बी कमीज़ के बटन खोल के पुतले को एक तरफ मोड़ती हूँ। सिर लुढ़कता है। कमीज़ कन्धे से सरकाती हूँ और दूसरा कन्धा घुमाती हूँ, दूसरी बाँह उतारती। सिर उधर लुढ़कता है।

लम्बी-सी साँस, खुरदरी खुरदरी, उस नाक से बाहर निकलती सुनाई पड़ती।

राख के नंगे पुतले को मैं लुढ़का-पुढ़का, सँभाल साफ कर रही हूँ। सिर

को धड़ से जोड़ती नली गर्दन के भीतर टूट गई है। ज़रा से में इधर झूल जाए, उधर टपक पड़े।

पहले शेव का साबुन गीला करके झाग झाग।

"सिर सीधा करो," बहनजी डाँटती है। लटका सिर उसे पसन्द नहीं। "फाँसी दे दी किसी ने क्या ?"

अचानक वह हँसती है।

आँखें बन्द, पड़े हैं ओम बाबू। जी.सी.एस. स्कोर जब नौ से घटकर चार-पाँच तक आ गया तब डॉक्टर ने घर में रखने की इजाज़त दे दी। अब हो भी सकता है जाग जाएँ।

हँसी मझधार में रोक बहनजी पूछती है, "सुन पा रहे होंगे ?"

मैं उस्तरा चला रही हूँ पपड़ाए होंठों के ऊपर।

"चुभो दो।" बहनजी कहती है। "चुभेगा ? देखें।" उसकी दिलचस्पी लालची होती जा रही है। "खून निकलेगा ?" वह उस्तरा चलाता मेरा हाथ दबा देती है। ओम बाबू का सिर फिसलकर एक तरफ लुंज गिरा। मुँह से लार की सुतली शेविंग क्रीम के फेन में पड़ती है।

"पोंछो पोंछो।" बहनजी पीछे हट जाती है।

मैं पोंछती हूँ। आँखों में रूमाल का कोना डालकर कीचड़ निकालती हूँ। नंगी देह पर गीले तौलिए से तरी फैलाती हूँ। लुढ़का पुढ़का सँभाल।

फिर भी राख का पुतला राख रहा।

चद्दर बदलना चाहती हूँ तो बहनजी पाखाने के दाग पर मुँह फेर लेती है। साफ़ चद्दर का कोना पकड़ अलबत्ता बिछवा देती है।

लिटा देती हूँ ओम बाबू को, साफ कुर्ता पहनाकर, पर वह आँखें नहीं खोलते। बहनजी झुककर उँगली गड़ा के उनके पपोटे पीछे ढकेलती है। पुतली वहीं है, ज़िन्दा पर मुर्दा, किसी दृश्य की ज़द में नहीं।

'हइच्चचे' जैसा कोई अस्फुट स्वर उसके मुँह से सुनकर मैं मुड़ती हूँ। वह फूँक मारती है इस तरह खुली पत्थर-सी आँख पर।

उसकी उँगलियों ने दोनों आँखों को कस के खोल दिया है और वह फूँक रही है, कभी बाईं आँख में, कभी दाईं आँख में, इतनी ज़ोर से कि थूक का फुहारा उस सुबह की धूप में चमक रहा है।

"बस," मैं कहती हूँ। "बिटवा आ रहा है।"

अजी मगर कहाँ ? कहीं नहीं चला आ रहा है बिटवा ! और यह बातें मुझे उससे करनी भी नहीं, भले ही आ बैठी थी उसी इरादे से। यह तो खुद चली आई यादें हैं जिन्हें मैं अकेले ही याद कर रही थी। इन बातों में तुम्हारे लिए क्या है, कुछ नहीं, बिटवा ? इनके केन्द्र के तुम दूर तक नहीं।

ये वह बाते हैं जिनका स्पन्दन-स्रोत भीतर है किन्हीं के, जहाँ से नामालूम-सा एक स्फुरण उठकर धीरे-धीरे हाहाकार कर बैठता है और घेर लेता है दो लड़कियों को जो साथ-साथ जवान हुई हैं और बच्चियाँ हुई हैं और बूढ़ी हुई हैं पर जिन्हें देखनेवाले उन्हें साथ देख कर भी साथ नहीं देख पाए हैं।

"सच कि झूठ," मैं बिटवा से पूछती हूँ, बिना चिन्ता किए वह है कहाँ इस दम। वह हैरान मुझे टापता है।

"तुमने देखा जो सबने देखा ?"

"हाँ देखा।"

मुँह चिढ़ाऊँ ? तुम्हें तो सब पता है, सब देखा है !

"बताओ।"

"चच्चो निरन्तर चाचा के पास बैठी रहती।"

मैं नहीं कह रही ! वह कह रहा है ! और बाकी लोग !

"मानो ध्यान में लीन।"

"होंठों-होंठों में बुदबुद करती, उँगलियाँ हवा में फेरती, लहराती, आँखें बन्द करती, खोलती।" मैं कह रही हूँ ! मैंने देखा है।

"जैसे जाप करती।" बिटवा बोला है।

"और बता।"

"वह सफ़ेद साड़ी पहनती।"

"सफ़ेद नहीं पर हाँ सादी।"

"उसने तन को पूरा ढँकना शुरू कर दिया।"

"कर दिया। बाद में।"

"उसने छत पर जाना बन्द कर दिया।"

"कर दिया। बाद में।"

"उसके बाल सफ़ेद हो गए।"

"हुए नहीं पर ऐसा तुम सब मानते गए।"

"मिलनेवाले आते तो उलटे पाँव लौट जाते।"

"उसकी पूजा में विघ्न न पड़े, इसलिए।"

यह बिटवा बोला कि मैं ?

दृश्य और संवाद को सही क्रम में बिठाने की ताकत अचानक सुन्न-सी लगती है। शायद इस बदलते मौसम के पीछे। गर्मी है पर ठंड आएगी।

मैं उठती हूँ। तो पहले हाथ कुर्सी के हत्थे पर दबा के खुद के लिए लाठी बनना पड़ रहा है। मुटा गई हूँ। बुढ़ा गई हूँ।

अभी से ?

बहनजी तुम्हारे कमरे की पिलस्तर उखड़ रही है। अब अगले बरस घिसवा के रंग-रोगन करवा देना। और अब जब तुम नहीं रहीं तो क्यों न तुम्हारी बड़ी-सी तस्वीर यहाँ टाँग दी जाए ?

मैं एड़ियों पर खड़ी होती हूँ। बहनजी की मेज़ के ऊपर दीवार में जगह चुनती हूँ। बाँह में जैसे स्प्रिंग डालकर उसे लम्बा तानती जाती हूँ, "ए ऽ ऽ ऽ...यहाँ ऽ ऽ ऽ... ।"

धीमी रफ़्तार से शरीर को शरीर में लौटने देती हूँ।

क्यों मन यों भरा-भरा है और तन यों सुन्न ?

माँदगी से मैं कमरे की खिड़की पर टेक लगा देती हूँ।

मेरे इस घर से हट जाने के बाद जब बहनजी ने छत पर जाना बन्द कर दिया, तब यहाँ कितनी दफ़े इसी तरह खड़ी हुई होगी। ऊपर से नीचे तक ढँकी अपने में सिमटती गई होगी, जैसे ग़ायब हो ली। मैं तब अगर सड़क से गुज़रती इधर नज़र उठाती, तो बस ढीला-ढाला लबादा यहाँ तैनात होता। हवा की हल्की-सी जुम्बिश पर उसका हाथ बढ़ के खिड़की के कोने को छूता तो

मैं सोचती कोई साया हिला ! किस स्वप्न में, दुस्वप्न में, अपनी मौत की तरफ बढ़ती हुई ?

खिड़की नर्म बाँहें बनकर मुझ पर झुकी आ रही है देखो।

...।

लग रहा है मन में हल्की-हल्की आग सिमसिमा रही है। उसमें पड़े अधजले टुकड़ों को मैं बचा के निकाल लेना चाहती हूँ। वह पहचान में नहीं आ रहे। क्या थे ? सब राख के आकार के, राख के रंग के।

पस्त हूँ। छोड़ देती हूँ, हाथ जलती लपटों में न डालूँ।

डॉक्टर होगा जिसने नब्ज़ देखी है।

वह वाला डॉक्टर नहीं बिटवा ! जो खाल पर फूँकों की फुरकनें लुढ़काता था।

"बुखार...रक्तचाप..." के कण कानों में पड़े।

पलकें उठानी हैं—कौन किससे क्या कह रहा है ? क्या आँखें खुलीं ? किसको देखा सामने ? बहनजी ?

बिस्तर के उस तरफ वह, इस तरफ मैं।

दपदपाती आग। आ हा हा हा ! कितना मज़ा आ रहा है। लग रहा है जो अंग छू दूँ वही इतना तपा है कि गर्म हवा बनके उड़ जाएगा। इतने ताप के अन्दर दर्द कहाँ छिपा है ?

बीच में बिस्तर पर मुर्दा पड़ी देह।

मेरी ? ओम बाबू की।

क्या कह रही हो बहनजी ?

"फूँको फूँको"—फुफकारती बहनजी।

हम फूँकें मार रही हैं। उनकी देह को चेताने या अपनी ? अरे ओम बाबू पर से चद्दर किसने हटाई ? फूँक फूँक कुर्ता उठा के उनके सीने पर। कन्धे पर। तलवों पर। जाँघ पर। आँखों में।

"फु...फु...फु..."

चिनगारियाँ लुढ़क रही हैं मेरे तन पर। जलती चिनगारियाँ जो इतनी

नन्हीं-नन्हीं हैं कि फूँक से नम हैं। बहनजी की फूँक से ?

आहाहाहा कितना दर्द हो रहा है। कहीं। कहाँ ? त्वचा पर दर्द की फूँके सरसरा रही हैं।

हम भूतनियों-सी फूँकती जा रही हैं। ओम बाबू को फु...फु...फु...। गरम फूँक। जलती फूँक।

एक हाथ मेरे माथे पर।

बहनजी रे...ओ...रे...।

नींद नहीं आ रही...मुझे भी...चलें...चलो...दौड़ें...दौड़ो...छत पर...इन्हें यहाँ मरता छोड़...वरी नॉट...देख ले कोई...फिर डरी...तुम्हें कोई नहीं देखता...तुम्हें देखकर भी नहीं देखता...।

मेरे सिरहाने आ बैठी है बहनजी। साए में ढली।

अब छिपना छोड़ो अब तो क्या डर ?

हे माई इतना दर्द हो रहा है। मन कर रहा है पागलों की तरह नाचूँ !

फुस फुस फुस फुस कानों में आ रही है। दूर से।

क्या फुसफुसा रही हो बहनजी ?

...

क्या पिलाया मुझे बहनजी ?

...

कब से सो रही हूँ।

...

लो तुम भी सो गई, मैं भी सो गई !

...

अरे अभी भी बैठी हो मेरे पायताने ? एक घड़ी देख तो लूँ तुम्हें। कब से नहीं देखा तुम्हें। जब से मरी हो, मरी कहीं की, क्या तुम भी अदृश्य हो गई हो ? हा हा हा हो हो !

क्या बिटवा दिखा अभी ?

छोड़ो उसे। उँह !

छोड़ तो दिया। कब का। जो तुम्हें त्याज्य माने उसे पहले ही त्याग दो !

यह क्या आवाज़ें मेरे अन्दर ठुँक रही हैं ? मेरे अन्दर की आग में लकड़ी के ठूँठ, भारी, धम्म धम्म, गिर रहे हैं।

गेंद...चप्पल...सिल बट्टा...इंजन...परात...काँव काँव...ठप...घिस्स...हुर्र... धप्प।

ललना की ज़मीन जल रही है, तुम सब यहाँ कुटमकुटाई पर तुल आए हो ?

कौन सब भर गए हो मेरे बिस्तर के चारों ओर ?

बिस्तर पर ओम बाबू थे। मैं कैसे उसमें आ गिरी ?

बहनजी। बिटवा।

है कहाँ कोई ?

आँखें खुलीं क्या ?

न बिटवा...न बहनजी...।

अकेली मेज़। किताब पर कृष्णजी अँगूठा मुँह में लिये लोट रहे हैं।

न रे। बहनजी ने कृष्णजी को क्या कहते हैं—पेपरव्हेट कभी नहीं बनाया। किताब अलग। कृष्णजी शान से अलग।

थम के...गिरो मत...लाठी की ज़रूरत आन पड़ी !

कृष्णजी वापस, किताब से अलग, लेट के चूसो अँगूठा। शान से !

पैरों में थर्राहट है। सँभल के...। अभी पलँग के सिवा कोई ठौर नहीं।

सो जाऊँ फिर ?

अच्छा किया कृष्णजी को किताब के ऊपर से हटा दिया। उनकी अपनी जगह रख दिया। जैसे बहनजी रखती थी।

बहनजी को मैं जानती हूँ कि तुम ? हम दो के बचपन में तुम्हारी क्या दरकार ?

आँखें बन्द रखती हूँ तो बहनजी और मैं रस्सी कूदते ही जा रहे हैं।

एक दो...पचपन...छप्पन...

क्या मज़ेदार उलेल आकाश में... हुश्श रस्सी हवा में...हुश्श हम हवा में...हुश्श हमारे पैरों के नीचे...हुशूश हमारी छत...!

हाँफने में क्या मज़ा है।

हम कूदे जा रहे हैं, कूदे जा रहे हैं, ऊँचे उठते जा रहे हैं, उठते जा रहे हैं, हर हाँफ के साथ छत से एक हाँफ ऊपर, अम्बर के एक हाँफ पास!

जबरन उँगली गड़ा के मेरी आँख में झाँकता है डॉक्टर। अजनबी।

"आप लोग कूदने भी नहीं देते," मैं बुदबुदाती हूँ।

"कैसा लग रहा है ?" बिटवा डॉक्टर से पूछ रहा है।

"एकदम ठीक हूँ," मैं सीधा जवाब दे, उसे बरखास्त कर, अपनी आँखों के पीछे फिर बहनजी के संग रस्सी कूदने में लग जाती हूँ। छत से कितनी ऊँची जा रही है हमारी रस्सी।

हुश्श...हुश्श...!

बहनजी का जूड़ा लटक आया है।

'टाइम्स' कह के वह बाल खोल देती है।

फिर शुरू !

वन...टू...एंड हंड्रेड वन !

बिजलियाँ छिटक रही हैं सिर में फुलझड़ियों की कुदक-फुदक से।

"यह दवा पी लीजिए।"

डिस्टर्ब नॉट...हुश्श...उछल...

अब के अनेक हाथों ने जबड़ा फाड़ दिया है !

"अब ठीक हूँ।" फटे मुँह में पड़ते कड़वे के बीच से लताड़ती हूँ।

आँखें नहीं खोलूँगी।

मैं भी नहीं, बहनजी भी नहीं ! जब-जब हम आँख खोलते हैं हमसे नजर मिला के लोग हमारी जगह किसी और को रच देते हैं। आँखें बन्द कर लीं, उन्हें ही अनदेखा कर दिया !

आँखें बन्द रखती हैं तो हम रस्सी कूदती हैं। हाँफ गई हैं पर रस्सी पैरों में नहीं फँसने देतीं।

हु...हु...हुश्श...हम उछले, रस्सी घूमी, हममें स्प्रिंग, रस्सी में चरखी, हम घूमे, रस्सी उछली।

क्या कहने। रस्सी हमें कूदती है ! हम हुश्श हवा में तड़ाक-तड़ाक घूमती हैं और रस्सी हमसे बच के कूद जाती है !

एक...दो...थ्री...हंड्रेड चार...।

"चाय।"

बिटवा की आवाज़ भर।

आँखों के आगे चाय और टोस्ट।

शक्की निगाहों को बहनजी की मेज़ की तरफ घुमाती हूँ तो शक सही निकलता है—कृष्णजी फिर किताब पर लेटे हैं।

बहनजी अलग रखती थी। मैं रूठ कर कप उठाती हूँ तो हाथ काँपते हैं।

बैठ जाती हूँ तो कमरा घूम जाता है। आँखें कस के भींच लेती हूँ। वन ...टू...थ्री...कुदाई चालू। उसी से हवा पे सवार मेज़ तक पहुँच जाती हूँ !

कृष्णजी नीचे। वे अलग लोटते हैं। किताब अलग। जैसे बहनजी के टाइम में।

आँख बन्द। हवा...उछलाई...भँवराती लड़कियाँ...

धम्म से तकिया पर !

"टोस्ट खाने को कहा है डॉक्टर ने।" डपटती आवाज़। ओझल काया। बिटवा की।

तू भी मर गया क्या ? हँसी एकदम से छूटना चाहती है तो चाय में बुल्ल बुल्ल छलकती है। तभी दिख जाती है एक तरफ छल-छल बुल्लबुल लहरती काया—बिटवा की। फिर नहीं दिखती। या फिर मेरी आँखों में ही है बुल्लबुल छलछल्ल!

मैं टोस्ट चाय में भिगोकर गप्प कर लेती हूँ।

आँखें बन्द करती हूँ तो रस्सी और हम दोनों एटोमैटिक एक दूसरे से भिड़ने से बचने का उचकने का खेल शुरू कर देते हैं।

तेज़

तेज़

फिर कम

और कम

अब धीरे

धीरे

बहुत धीरे

बन्द-सा

रस्सी दोनों हाथों में है कदमों को पालतू कुत्ते-सा चाटती

मेज़ पर कृष्ण जी...

ऐं ! फिर किताब के ऊपर ?

बहनजी वहाँ नहीं रखती थी, चिल्लाती हूँ जो स्वर मन के अन्दर पस्ती से रह जाते हैं। और नींद में उतरी जा रही हूँ...

कोई आता रहा था उन बुख़ार के दिनों में, जब मैं आँखों के पीछे रस्सी कूदने चली जाती बहनजी के साथ, कृष्ण की मूर्ति को फिर से मेज़ पर उनकी जगह से हटाकर किताब के ऊपर रख देने। जो मैं नहीं होने दे सकती थी क्योंकि मैं जानती थी बहनजी वैसे कभी नहीं रखती।

मैं ठीक करती, वह बिगाड़ देता।

इस तरह बहनजी की याद से बहनजी को ही निकालता।

नालायक, पाजी, जिसका गू-मूत साफ़ किया है उससे आज हारने को तैयार हो जाऊँ ?

कृष्णजी को गड़बड़ करके मेरे लिए दवा, कुछ खाना, रख जाता।

खिचड़ी।

चलती हूँ दूसरी चाल चलो। हटा आए न कृष्णजी को ? नहीं जाती उन्हें बहनजी की चुनी जगह रखने। पर जाओ, खिचड़ी भी नहीं खाती !

है भी नहीं यह खिचड़ी खाने लायक। ओम बाबू को भी ऐसी गई-बीती पनियल खिचड़ी मैंने नहीं खिलाई। यह भी याद रखो कि बहनजी बुरा मान जाती कि उबला-मसला काफ़ी है, फिर भी मैं एक-दो चम्मच, कभी खीर, कभी उनकी मनपसन्द कुचली कचौड़ी का चूरा, कभी कढ़ी की पकौड़ी की नन्हीं-नन्हीं बुँदकियाँ, उन्हें चटाती ही रहती।

हाथ से खिलाती, यह नहीं कि दबे पाँव आई, रखकर चली गई। उठा के सिर इन्हीं हाथों में, ठेलती पीछे को, और डालती चम्मच से मुँह में ज़रा-ज़रा, जैसे छोटे मुँह की बोतल में बिना गिराए कुछ भरते हैं। कुछ बाहर बह निकले पर कुछ तो अन्दर जाए। तब भी न ले पाएँ ओम बाबू तो वे जानें और जाने उनकी वह राख-राख क़िस्मत !

खिला-पिलाकर जब उनका सिर तकिए पर रख देती तो उनके होंठों के कोने में हल्की-सी तिरछी मुस्कान भी भास सकती थी।

"देखो बहनजी, तृप्त हो गए ये।"

"क्यों न हों," बहनजी अंगार-सी जलती, "बाँध दिया है न फिर मुझे।"

ओम बाबू ने फुस्स...स...स तब गैस छोड़ दी !

कैसे चौंक गए हम ! शान्त, सौम्य, राख का पुतला, आँखें बन्द, हाथ-पैर बेदम। सौंप दिया है उसके नसीब ने उसे इन हाथों में। हम उठा के गिरा दें, तोड़-मरोड़ के रख दें, तो क्या कर लोगे? कुछ नहीं। पड़ गए न हमारे रहमोकरम पर। मगर फिर भी आत्मा कहीं बचा के रखी है हमसे ? उस तक हमारी पहुँच नहीं ? अन्दर ही अन्दर कोई राज़ भरा जीवन, कोई राज़ भरा स्पन्दन...। और उसके इशारे पर एक फुस्सूस !

हाय माई ! मैं ज़रा डर के सिर तकिए पर इधर-उधर हिलाती हूँ। कहीं मुझे भी राख का पुतला तो नहीं बनाया ?

पूछना है बिटवा से क्या हुआ था ? हाँ तो बुख़ार चढ़ गया मैं जानती हूँ पर मैं थी ऊपर कि कहीं नीचे गोते खाती, तल में डूबती जाती ? चिल्लाए तुम सब मिस्टर ओम मिस्टर ओम...न रे, ललना ललना...आँखें खोलिए...मैं कौन हूँ पहचान रहे हैं, रही हैं... कितनी उँगलियाँ हैं बताइए...आप कौन हैं...आपका नाम क्या है...?

क्या जवाब दिए मैंने ? कोई चीनी वीनी भाषा के नाम लिए ? ओम बाबू की तरह ?

मुँह खोलिए...ज़बान दिखाइए...।

रे माई ! मैं भी क्या विक्षिप्त-सी पड़ी रही जैसे दूर से जीभ को भेज रही हूँ जो यों ज़रा-सी निकलती ज्यों बिल से साँप झाँककर वापस छिप जाए ! इतनी हास्यास्पद !

और क्या मैंने भी...बिस्तर पर ही...कभी गीला...कभी...रे...छी...छी... किसने साफ़ किया मुझे ?

कैसे पूछ सकती हूँ कुछ बिटवा से ?

मैं चुपचाप पड़ी रहती हूँ। निर्लिप्त भाव से आँखें घुमाती।

कि मेज़ दिख जाती है, नज़र रुक जाती है। यह क्या ? आज कृष्णजी को किताब पर नहीं डटाया गया ?

खिचड़ी उठा के पीने लगी हूँ। धीरे-धीरे सोच रही हूँ सन्धि चिह्न का जवाब क्या इस तरह दूँ कि जा के मैं ही कृष्णजी को किताब पर रख आऊँ, लो तुम पर अहसान करती ?

"कैसा जी हो रहा है हजूर ?" महरी सूप और पाव रोटी लिये खड़ी है।

"मुँह कड़वा," मैं मुँह बनाती हूँ।

वाह रे, बुख़ार ने मेरी बड़ी इज़्ज़त बढ़ा दी है !

"दवा।" महरी समझाती है।

"फेंक दो सारी," मैं जलकर कहती हूँ।

"साहबजी देख रहे हैं," वह धीरे-से होशियार कराती है।

साहबजी के नाम पर मैं झट कृष्णजी की तरफ देखती हूँ। हैं अभी भी अपनी जगह ! देखा जीत गई मैं !

या क्या हार गई असल में ? उसने मेरा मन रखने को हार मान ली ? हैं ? तो फिर क्या तभी जीतूँगी जब मैं इस दाँव में भी उसे पछाड़ गिराऊँ ? रख दूँ खुदई कृष्ण बाँके को किताब पर पेपरव्हेट की तरह और बिटवा का मन रख के उसे नीचा दिखाऊँ ?

पर न जाने इस खाए-पिए जिस्म की ताक़त कहाँ तफ़रीह करती फिर रही है !

हल्का-सा अफ़सोस मन में गुपचुप आता है कि क्यों हुई ठीक—बुख़ार के बेहोश दिनों में जो खेल हम खेलने लगे थे, बन्द हो गया। वह लड़खड़ाकर मेज़ तक जाना कि और कभी गिर लूँ, अभी नहीं गिरूँगी और झूमते-झूमते मूर्ति जहाँ होनी चाहिए वहाँ रख देना, बेहोशी से निकलकर उम्मीद-भरी नज़र फिर उधर करना कि हो वह चैलेंज बरक़रार मेरे लिए, बार-बार मुझे ललकारने कि जिससे बीमार मन में ढेरों चिढ़ की कुलबुलाहट नई स्फूर्ति दे !

हाय वह बीमारी का उन्माद, जिस दम मैं बन्द आँखों के पीछे बहनजी के साथ रस्सी कूदे जा रही थी और लगता था कोई बिस्तर के पास चुपचाप मेरे बैठा है। उसने थोड़े देखा होगा हमारा कूदना। उसने सोचा होगा मैं बेहोश हूँ।

हर बेहोशी में कोई छिपकर रस्सी कूदता हो शायद। उतने बरस ओम बाबू कौन-सी रस्सी के संग घूम रहे थे ब्रह्मांड में ? पास बुत बनी बैठी बहनजी सोचती, वे कोमा में गायब हैं ?

शायद वे सुनते थे जब वह होंठों-होंठों में उन्हें सब बताती।

"देखो ललना अब नहीं मुस्कुरा रहे वह।" कहती "रास नहीं आई मेरी बात।"

हैं ? कुछ गलबल गलबल बोले क्या ? मैं ओम बाबू के चेहरे पर झुकी आती। कभी सोचा था रे कि इस शख़्स के इतनी पास जा सकूँगी और वह धकिया न पाएगा ?

ठहरी-ठहरी उनकी गन्ध से टकराती तो बहनजी की तरफ कुछ-कुछ उल्लास से देखती।

ओम बाबू के इस तरफ मैं उन पर झुकी। ओम बाबू के उस तरफ वह तनी। मानो किसी नए खेल की तैयारी में पोज़िशन ले ली है !

"क्या प्रोग्राम है ?" बहनजी मुझे देखती। आँखों में नटखट-सी चाह लिये।

"ओम बाबू तुम्हें शामिल होना है कि रोकना है हमारे प्रोग्राम ?" मैं फुसफुसाती अनजान किसी सम्मोहन पर उमग के।

"छत बन्द करा दी," बहनजी दाँतों के बीच से फुँकारती।

हमने ओम बाबू पर झुके एक दूसरे की तरफ हाथ बढ़ा दिए थे।

"क्या है ?"

"मधुमक्खी का छत्ता।"

वृत्ताकार में उन पर बँधे हमारे हाथ उमाह से भरने लगे।

"कितनी मधुमक्खियाँ हैं ?"

"हज़्ज़ारों हज़्ज़ारों।"

"शहद बन रहा है।"

"मधुमेह वालों को नहीं मिलेगा।"

हम जैसे ओम बाबू के ऊपर छत्ता बनातीं। जिसमें भुन-भुन हज़ारों-लाखों जीवित मक्खियों की अलग-अलग पर एक-लय, चिपकी, भनभनाती जीवन्तता है। और ओम बाबू उसके नीचे अजीव पड़े सुन रहे हैं, जान रहे हैं कि उनके सिर के ज़रा ही ऊपर यह आग का गोला है ?

"जागने की कोशिश भी न करना," बहनजी धीमे-से बोली।

"झुस्स भुस्स हो जाओगे," मैंने कहा।

और अपने अनगिनत प्रोग्रामों की तरह इस बार भी हम गाने लगीं अपनी हर साँस का जैसे इसी तरह निवारण करतीं।

यही न, जब हम दोनों हाथ में हाथ देकर प्रोग्राम करतीं, तो हर चीज़ हमारी आशनाई की गिरफ़्त में!

कभी-कभी हम सहेलियों के नज़दीक आए चेहरों के नीचे ओम बाबू की बेजान निकलती साँस सहसा हिल जाती, मानो कोई गुदगुदी हमारे गाने से निकलकर उसकी निर्जीव गति को डगमगा गई।

"आज मैं नहाऊँगी," महरी से मैं कहती हूँ कि लौटा ले जाए वह पतीली और पानी और तौलिया और पाउडर। "अब तुम जाओ।"

बिटवा ऑफ़िस चला गया है। गई गर्मी और आते जाड़ों के बीच का घर बना हुआ है ये आज।

अकेली मैं पूरे में घूमती हूँ। अपने कमरे से बैठक में, बैठक से पौर के पास के कमरे में, आँगन के दूसरी तरफ बिटवा के कमरे में। आँगन में। बरामदे में। टट्टर की तरफ देखो तो ऊपर के कमरे नज़र आते हैं। उसके बीच से गिरते धूप के टुकड़े छत के गठन को मेरे पास आँगन में उतार लाए हैं विशाल परछाइयाँ बनाकर।

सब तरफ चुप है। बुख़ार के जाने के साथ घर से पदचापें चली गई हैं। हाँ बहुत-बहुत दूर लेबरनम हाउस की बेहद यथार्थवादी, इसलिए दूर ही रहनेवाली, खट-खुट है।

अच्छा लग रहा है यह खालीपन। यह नीरव-सी धूप। यह किसी और का न होना। यह आहटों का थम जाना।

बाथरूम का दरवाज़ा खुला छोड़ देती हूँ। कमोड ठंडा है।

उसकी ठंडक गरमाने लगती है तो एक मिनट को उठ जाती हूँ—फिर शीतल वहाँ जम जाए तब त्वचा फिर छुलाऊँ।

हमारे ज़माने का नारियल तेल रखा है। हथेलियाँ फुलाकर उसे तन पर उलछारती हूँ और मलती हूँ। मलती हूँ तन को फिर उस दिशा में ढकेलती, जहाँ वह कभी हुआ करता था। मुट्ठियों में भर-भर के देह लौटाती हूँ उधर कि लुढ़के न। नीचे से ऊपर। बाहर से अन्दर। तेल में फिसलते माँस को बटोरकर पास-पास समेट दूँ ऐसे। अपने को ही मलती-समेटती बाँहें थकने लगती हैं। एक बाँह दूसरी को लपेटती है कि आपस का दर्द चीन्ह ले।

हाय कोई बड़े ड्रम में चाँदनी रात में टंकी से पानी भर दे और बैठ जाएँ छत पर सितारों के नीचे। चाँदनी में ठंडा किया पानी दूसरा होता है। तब चाँदनी से नहाया जाता है !

जैसे धूप में गरम किया पानी। तब धूप से नहाया जाता है !

नल पकड़ के पटरे पर बैठ बाँहों पर थका हुआ सिर लिटा देती दूँ। बाल्टी में पानी कोसा से ज़रा ऊपर, भर गया। कहाँ की थकान यह कि लोटा भारी लग रहा है ? धीरे-धीरे प्रपात अपने ऊपर बहाती हूँ। थके-थके मज़े से।

इतनी बढ़िया है थकान कि गीले तन पर बिना पोंछे ही तौलिया लपेटकर धम्म से गीले पटरे पर दोबारा बैठ गई हूँ।

दरवाज़े से ठंडी हवा आ रही है। उठूँ। नल, सहारा दो। दरवाज़े, हाथ थामो। दीवार, कँधे से लगो।

चल दी हूँ तौलिया बाँधे, मठराती चाल ! गिरूँगी ? कौन कहता है गिरूँगी ? यह देखो बरामदे में चली आई। खम्भे पर लटक गई। पौर के पास के कमरे से खटोला उठ चुका है। बढ़ती चलो, अपने ही पदचिह्नों पर, और पहुँच जाओ बहनजी के कमरे में। हमारे कमरे में। मेरे कमरे में।

दुख मन में चसकता है। उसी खिड़की पर थम जाती हूँ।

बदन सूख चुका है, तौलिए में भारी-भारी है। मेरी बोझिल पलकों में सूनी होती गई है मेरी आत्मा। कुछ और होना था, कुछ और हो सकता था, सूनी पुकार उठ रही है।

बहनजी और मैं एक-दूसरे को देखते हैं। इतने इतने दुख से।

अजीब-सा लग रहा है कि मैं वहीं खड़ी हूँ जहाँ वह खड़ी होती थी। अचानक डर लगता है जैसे एकदम से अहसास हो कि जिस सूखी ज़मीन पर मेरे पैर इस पल हैं, वहाँ ज़रा देर पहले समुद्र डहडहा रहा था। कहीं कोई घुमरी कोई समुद्री नाग हो अभी भी बचा ? या समुद्र ही पलटकर फिर इधर बहा आए ? यह ज्वार-भाटा है ना ?

मैं नौका-सी डोली क्या ? नींद-नींद में गश।

बहनजी की कुर्सी में अपने को गिरने दूँ। तौलिया अलग, मैं अलग !

कुर्सी की गद्दी में गरमाहट है, मेरे ठंडे तन को छूती। मानो अभी बहन जी बैठे से उठ गई कि उसकी सेंक में मैं बैठ जाऊँ।

दोस्तें ऐसा करती हैं।

एक-दूसरे की सेंक को पहचान जाती हैं और तब एक-दूसरे को उससे वंचित होते देख विद्रूप से हँसती हैं।

बिटवा कॉलेज से लौटता तो बहनजी देखती कैसे मैं भागती दरवाज़ा उसके लिए खोलने। उसकी हिकारत लिये मुस्कान को देखकर जी होता रुक जाऊँ और लगाऊँ पहले एक थप्पड़ उसे पर मेरे पैरों की जल्दबाज़ी आड़े आती।

इतनी तेज़ी से जाने और इतना रुककर दरवाज़े के पाट खोलने के बीच का लमहा तेज़ और धीरे के बीच का घपलाया लमहा है। जो एक अन्तहीन पल के लिए एक जगह थम गया है, जो निहायत अचल डगमगा रहा है, निहायत चुप धक-धक कर रहा है।

बार-बार यही होता—दरवाज़ा खोला, बिटवा सामने...खोला, झंझावात थाम...शाश्वत...चित्र..., और पीछे बहनजी की हँसी जो सिर्फ़ सहेली सुन सके, क्रूर भी, दयालु भी।

बिटवा अधूरा-सा अभिवादन मेरे आसपास करता तुरन्त बहनजी की तरफ बढ़ लेता। तब मेरी बारी कि उसे सिंकी-सिंकी देख तिरस्कार से हँसूँ !

बिटवा ओम बाबू के कमरे में है, बहनजी के साथ, उनकी देख-रेख का मुआइना करता, अपनी ज़िम्मेदारी की गोट आगे सरका कर दिखलाता।

"नापा था आज ब्लड शुगर ?...फास्टिंग शुगर ?...मील के बाद ?..."

मैं दरवाज़े के इधर रह गई हूँ। यहाँ से ओम बाबू के तलवे दिख रहे हैं। चादर के बाहर पैर फैलाए पड़े हैं ! ऐ छी एड़ियों पर बिवाइयाँ पड़ गई हैं।

झट काम से लग जाती हूँ। पानी, साबुन, बाल्टी लेकर अन्दर।

खिसकाया था ओम बाबू को कि घुटनों से आगे पैर पलँग से नीचे लटक

आएँ और पाँव सर्फ़ के पानी में डूब जाएँ। ले के झाँवा एड़ियाँ रगड़ीं मैंने। गोल और चिकना कर दूँगी ज्यों नवजात शिशु के। कपड़े के ब्रश से नाखूनों को रगड़ा, उनके कोरों से मैल धुल जाएगा। पैर के अँगूठे पर कितने बड़े बाल हैं, ब्रश उनमें उलझ सकता है ! रगड़ रगड़ साफ़ साफ़।

पाँव सुखा के, उन पर क्रीम मल के वापस बिस्तर पर उन्हें रखा तो तोष का भाव मन में आ बैठा। जैसे दो नर्म खरगोश चादर के नीचे से डरे-डरे झाँक रहे हैं।

ओये रे ओये, मन ही मन पुचकारा तो देखा बिटवा और बहनजी खिड़की के पास खड़े अभी भी बातें कर रहे हैं।

क्या बातें हो रही हैं, सुनने मैंने सिर उधर घुमाया तो बिटवा चुप हो गया।

"चलें ?" बहनजी बोलीं। जाते-जाते अपने जिस्म के हल्के से स्पर्श से अपनी जीत का कतरा मुझ पर चस्पाँ करती।

अब वे बाहर थे मैं अन्दर।

बैठी रही मैं उसी स्टूल पर बाल्टी और ब्रश और झाँवे के साथ और लेटे रहे मेरे आगे ओम बाबू। जिस कोण से उनका चेहरा दिख रहा था उनकी नाक का छेद सुरंग-सा खुला था। उसमें उगे बाल सफ़ेद हो चले थे।

हो मइया ! देखा तुमने ? बहनजी को बताऊँगी !

बिटवा महरी को डाँटे जा रहा है कि तुमने अकेला क्यों छोड़ा, नहाने क्यों दिया, अब क्या यही काम है मेरा कि सब छोड़ चौकीदारी करूँ ?

एक करवट पड़े-पड़े कमर दुख रही है। अपने आप पलटा नहीं जा रहा। पलटा तो पलटा यहाँ अपने आप पलकें नहीं खुल रहीं !

अरे नामुरादों, इस तरह बार-बार बिस्तर पर मुझे बिछाने का अच्छा मर्ज़ चढ़ा है तुम्हें ! तो बिछा के हट जाने से तो न चलेगा। कम से कम अपने चाचा की ही याद करो।

रोज़ाना उनकी देह टटोलती थी। एक ही बार उनके फोड़ा हुआ जो पक गया तब जाना। उई टीसता सा ! उनसे तो बताया भी न जाता था ! तब से वक़्तन-फवक़्तन पूरे बदन पर हाथ फेर देती। पकड़-पकड़ के कसरत कराती।

जैसे बिटवा तुम्हें तुम्हारी चच्चो ने कराई।

दोनों बाँहें सीधी, बदन से सटा, दोनों बाँहें सीधी, बदन से हटा। एक टाँग उठा, एक टाँग गिरा। दूसरी टाँग उठा, दूसरी टाँग गिरा। पूरे के पूरे ओम बाबू को कभी इस पट कभी उस पट लुढ़का। बोरिक पाउडर छिड़क कि फुंसी-फोड़ा न हो जाए। बदन के कल-पुर्जे हिला कि लचकीले रहें ताकि जब जी चाहे ओम बाबू उठ खड़े हों और सिपाही की तरह लेफ़्ट राइट लेफ़्ट राइट करने लगें !

हाय हाय, इन्हें कोई डर नहीं कि यों मुझे बेकार पड़ा रहने दिया तो कल जब उठना चाहूँगी तो हाथ-पैर हिलना भूल चुके हों ?

क्या क्या...क्या बोल रहा है ?

डॉक्टर नब्ज़ खोज रहा है। नब्ज़ ही नहीं मिल रही डॉक्टर को ! घूस दे के डॉक्टर बना है ? खोज, कहीं तो होगी मेरी भी नब्ज़ !

हैं ? क्या बिटवा है ?

देखूँ तो...नहीं देख पा रही...।

डर गया होगा। उसके सिर पर एक और मौत न लद जाए ! यहाँ क्यों मरने आई हूँ ? जाऊँ लम्बा-चौड़ा जहान पड़ा है, कहीं और टें बोल जाऊँ !

नहीं रे डरो मत। अभी क्यों मरने लगी ? ज़रा पड़ गई हूँ बस। इतने बरसों से जो बुख़ार नहीं आया मुआवज़ा समेत आ पहुँचा है शायद।

या चाल है अलबेली कि कुछ दिन और रह जाऊँ ? थोड़ा और माल-टाल हज़म कर जाऊँ ?

बहनजी ने मुझे सिर चढ़ाया कह दो !

"अरे अख़बारवाले ने जो चिल्लर लौटाई कहाँ गई...अरे यह...अरे वह...।"

यह भी कोई कहने की बात हुई जिसका मैं जवाब देती ?

पर बहनजी—"ललना।"

क्या ललना-ललना पिल पड़ते हैं आप लोग ! इत्ते दिन पड़ा रहा, जमादारिन, महरी, उठा लें आपको पता भी नहीं चले, ललना ने सँभाल दिया गुल्लक में तो आतंक मच गया !

किफ़ायत की बातें क्यों जोड़ोगे मुझसे ?

पर ठीक है। सब ठीक है। कब की बातें। आईं और गईं। जिन्हें मरना था सो काम से गए। जिन्हें जीना है उन्हें कोई नहीं मार सकता !

न रे मर नहीं रही। बस नींद आ रही है।

हा, सो लूँ।

ऐसे जागी जैसे लम्बी नींद से।

जैसे बहनजी, जागोगी कभी ?

जैसे ओम बाबू जागेंगे एक दिन ज़रूर, लेबरनम हाउस वाले मानते, उनकी पत्नी के व्रत से यम के हारने पर।

अच्छी लगी थी नींद जैसे कब से न सोई अब पूरा कर पाई। बन्द-बन्द में सुकून की उबासी भर गई, एक लम्बी अँगड़ाई से—आ ऽ ऽ ऽ ऽ !

बिटवा मुड़ा। उस पल हमारी आँखें मिलीं जैसे पहचान हो गई। अगले पल बिना बेकल हुए वह वापस मुड़ गया।

टीवी की तरफ। लगता है जब मैं सो रही थी अपने कमरे से निकालकर यहाँ फ़िट कर गया है और बैठा रहा है उसके आगे। मेरे पास !

ख़बरें चल रही थीं जो मुझे सुनाई नहीं पड़ीं। और बाहर से छन-छनकर रात घर में उजियारे तलाशती घूम रही थी।

टीवी सामने था, हम दोनों के आगे। बिटवा की कुर्सी की पीठ मेरी चारपाई की तरफ थी, मुझसे कई गज़ आगे कि बिना मुड़े मैं दिखाई न पड़ूँ। पर वह छिपा हुआ नहीं था। बल्कि, मैंने मुस्कुराना चाहा, हो न हो वह खुल्लम-खुल्ला चौकीदारी कर रहा है।

मैंने भी लिया तकिया और सिरहाने उढ़क सिर ज़रा उचकाया और टीवी देखने का इंतज़ाम बाँध लिया।

मैं विश्राम करती रहूँ तो बिटवा भी, मैं डुली नहीं कि वह सतर्क हो जाता है ! अब तन है तो बाथरूम तो जाना ही पड़ेगा न—निकलूँ उसके लिए आँगन को पार करने कि वह दरवाज़े पर आकर सँभल जाता है !

कमरे में लौटकर मैंने, इस बीच मेरे लिए परोसा खाना उठा लिया। चुपड़ी रोटी, दाल, मटर गोभी, सलाद। कौर मुँह में डालने लगी।

वह भी। मेरे आगे, पीठ किए, टीवी देखते-देखते।

हल्की-सी मादकता मेरे खून में पहुँचने लगी। रक्तचाप कुछ तो सुधरा ! कहाँ गया डॉक्टर—बोलो अब मुझे ठोंक-बजा के देखे। है अभी भी क्षीण रक्तदाब ? अनीमिया ?

बेशर्म कहीं की, मैंने खुद को गलियाया। देखने की है बस यह सारी तन्दुरुस्ती, अन्दर पोली की पोली ?

पूछूँ बिटवा से ?

पर मैं अकेले खाती रही।

ऐसी चीज़ें नहीं होतीं। कि आ के बीमार पड़ गए तो वह बगल में बैठ गया और हमारे बीच का सारा अनकहा अचानक कहे में बदल गया। अनकहे की फ़ितरत है अनकहा रह जाना। अनकहे का स्वभाव है अन्दर ही अन्दर घुरमना। ख़बर भी है, कितने जीवन रीत गए, कितनी सदियाँ बीत गईं, कितना अनकहा चला गया ?

जाने दो ! सौ-सौ बरस की बुड्ढियाँ, हज़ारों साल पहले की छोटी लल्ली में बदलेंगी ? बस, इतनी ताक़त लौट आए कि चल-फिर सकूँ, गठरी-मुटरी सी पड़ी न रहूँ, छत से इतनी महरूम न होती जाऊँ।

प्लेट रखने को हिली तो बिटवा फिर उठने लगा। घबरा गया है चौकीदार—कभी मैं गिरती हूँ, कभी तौलिया गिरता है !

लो नींद फिर आने लगी थी। बड़े आराम से, टीवी, फिर बिटवा, फिर मैं, एक पंक्ति बनाए सोते-जागते रहे।

नींद में उतराने के पहले मेरी निगाह टीवी के नीचे रखे सन्दूक से जा लगी थी। ओम बाबू का सन्दूक यह तो ! वही जिसका ताला तोड़ा तो उनका माल-टाल बरामद हुआ—सारे शेयर पेपर्स और बही-खाते और बाटा की जूतियाँ नम्बर पाँच और चारखाने का जेन्ट रूमाल और ओम बाबू के बायोडेटा के सफ़े पर आलपिन से खुँसी कतरनें गोरी-घरेलू-सुन्दर-सुशील-शाकाहारी-कौन्वेन्टड पुत्रियों की शादी के लिए छपे विज्ञापनों की। जैसे सन्दूक सन्दूक होकर भी सन्दूक न हुआ, ओम बाबू के मन का ढँका-छुपा निविड़ अँधेरा हुआ जहाँ से बहनजी टटोल-खँगालकर उनकी इच्छाओं की अभिशप्त फाँकें निकाल पाई थी।

अब हम खाना साथ खाते हैं, टीवी देखते हुए और यह नहीं दिखाते कि एक-दूसरे की मौजूदगी का पता नहीं !

पर चुप रहकर !

बुख़ार फिर नहीं लौटा है। आराम से हट्टा-कट्टापन लौट रहा है।

टीवी की गुन-गुन में नींद बड़ी अच्छी आती है। अच्छी नींद सोती हूँ और उठ जाती हूँ। बेआवाज़।

न जी न, मैं नहीं चीखती, न चीखूँगी।

कि छत पर भी सुनाई पड़ जाए ज्यों घर के तल से उठ, छत फाड़, गर्दिश को पहुँचना है। धड़ धड़ धड़ धड़ नीचे दौड़ी आई थी।

"बहनजी बहनजी...।"

बहनजी निर्विकार स्टूल पर ध्यानमग्न।

"ये चीखे थे ? यही चीखे थे न ?"

"आर यू शुअर ?" डॉक्टर वहीं था। "यही चीखे थे ? ओम बाबू ओम बाबू कैन यू हियर मी ?" वह चिल्ला रहा था।

उसकी आँखों में हैरतअंगेज़ खुशी। शायद उसके ज़मीर पर लगा स्याह धब्बा मिट जाए ? क्या ओम बाबू उठने वाले हैं ? डॉक्टर इस तरह देख रहा था कि वाकई वह जीवनदाता है। ली अपनी टॉर्च और चमकाने लगा ओम बाबू की पुतलियाँ खोल कि चुँधिया जाएँ।

बहनजी का तमतमाता चेहरा। कि जैसे जान रही है उसे बाँधने का नया कोई शगूफ़ा खिलेगा ? न आगा, न पीछा, चिल्लाए क्यों ? सो रहे हो और सारे तुम्हारे काम हो रहे हैं फिर क्या...?

"अस्पताल ले जाना होगा," डॉक्टर और तरुण लगने लगा। "जी.सी. एस. स्कोर फिर नापना होगा।" उसने प्रफुल्ल हो जो बहनजी की तरफ देखा

कि ढेरों उदासी कमरे में उँडेल दी।

प्यार की बातें। बड़ी लड़कियों की ये प्यार की बातें। उनसे भी बड़ी लड़कियों की प्यार की बातें।

प्यार की बातें जो रह ही जाती हैं अधूरी, अनकही, अनजियी...।

क्षिति जल पावक गगन समीरा। कभी मिल जाते हैं पाँचों तत्त्व तो प्यार की सृष्टि हो जाती है। एक पल के लिए।

प्यार करने वाले बढ़ते हैं एक-दूसरे की तरफ फिर। कौन-से मिश्रण, कौन-सी सम्भावनाएँ हहराती हैं ?

न रे ऐसा कुछ नहीं होता। प्यार जब एकदम आमने-सामने ले आता है, एकदम करीब, तो बड़ा-सा दुख बन जाता है। फिर एक-दूसरे को देखा जाता है एकदम करीब से, आमने-सामने, पर छुआ नहीं जाता, छुआ नहीं जा सकता।

डॉक्टर सुई लगा रहा था, बिटवा लिस्ट बना रहा था, बहनजी सिर पर पल्लू सँभाल रही थी, लेबरनम हाउस के बाशिन्दे सुनगुन कर रहे थे, ओम बाबू सोते में कि जागे में हिचकोले खा रहे थे, ललना उन्हें झाड़-पोंछ सजा रही थी—सबके सब टकटकी बाँधे, न जाने कौन यहाँ किसके एकदम करीब से उसे देखता, पर छूता नहीं, छू नहीं पाता...।

हाय कैसे फस फस मैं रोई थी अपने दोनों खरगोशों को देखकर ! जाने किस आलम में हैं हल्के-हल्के चिलकते ! किस आलम में लौटेंगे ? लौटेंगे ? लौटेंगे तो मेरे खरगोश मैले न होंगे ? लौटेंगे तो ऐसी ही, यहीं की यहीं, मैं मिलूँगी उन्हें ?

शादी की डोली जैसे निकली इस घर से। मेरे हाथों से सँभलते-छूटते मेरे खरगोश !

लेबरनम हाउस वालों के दिल पिघल गए। कहने लगे जब ओम बाबू को अस्पताल ले जाया जा रहा था, उनकी पत्नी फूट-फूटकर रो रही थी उनके पैरों पर गिर-गिर के।

बिटवा चुपचाप टीवी देख रहा है।

मैं भी। चुपचाप बिस्तर में अधलेटी हुई।

जो जहाँ का है वहीं रहे तो उसकी इज़्ज़त चौगुनी होगी। वहाँ से हटने की क्रिया करेगा तो लोग विचलित होंगे।

मैं हिलती हूँ। उठकर बैठती हूँ और पैर बिस्तर से नीचे चप्पलों में डालती हूँ। गुड, वेरी गुड, सिर में कोई चक्कर-वक्कर नहीं आया।

खड़ी हो जाती हूँ।

"ज़रा छत पर घूम आऊँ।" ऊँचा कहती हूँ।

विचित्र आँखों से देख रहा है। आएगा मेरे पीछे-पीछे ऐसे कि देख लूँ पर यह न सोचूँ वह मुझ पर ध्यान दे रहा है और ऐसे कि स्वतन्त्र कोई शग़ल सूझे तो देख लूँ वह है वहीं मुझ पर ध्यान देता !

रात को बारिश हुई थी। छत की सँवलाई छटा में हल्का-हल्का अँधेरा लहलहा रहा है। धूल के ढेर काई की तरह गाढ़े लिसलिस हो चले हैं।

किसी की निवाड़ की पलँग पड़ी है। दोनों तरफ उकड़ूँ बैठे मज़दूर उछल-उछल कर निवाड़ कस रहे हैं।

अब भी दिख जाएँगी लेबरनम हाउस में निवाड़ की चारपाइयाँ। यह भी जन्म संस्कार की बात होगी।

सुना है जन्म संस्कार लेके आते हैं हम लोग। लेबरनम हाउस वालों के संस्कार हैं छत से पट-पट-पट कानाफूसी की ढेली उछालने के ! तो फिर ललना का जन्म संस्कार ढेलियों को लपककर उनसे कंचे खेलने का ! सोचकर ही दिल गनगना उठता है ! मुट्ठियों में भर-भर के कंचे इस छत पर उछालने का मज़ा, उनका बजते हुए चारों ओर छहरना।

जहाँ जाएगी वहीं सफ़ाया करेगी—संस्कार की बातें ! गाँव में न जाने

किन-किन का, यहाँ आकर प्रेमानन्द और उनके परिवार का, चाचा का, चच्चो का, भतीजे का...?

बाढ़ में बिच्छू जैसे उसे बचानेवाले कछुए को डंक मारे ! जन्म संस्कार !

कोई नहीं बचेगा तो ललना खुद को मारेगी डंक ?

बहनजी, मार दिया जाए या छोड़ दिया जाए ? आओ सारे के सारे अपने पूर्वजों को लेकर जन्म संस्कार की कचहरी में। वहाँ न्यायाधीश नियुक्त हुई है ललना। जो उससे माफ़ी माँगेगा उसे वह माफ़ करेगी। जो नहीं उसका सफ़ाया !

आज तक किसी ने ललना से माफ़ी नहीं माँगी है। माँगो। माँगनी पड़ेगी !

बहनजी की फुलकारी की दोहर से सहसा क्या मेरा तन निकल गया कि बलखा के फुलकारी वहीं ढेर हो गई ?

मेरे गाल पर छत की ठंडी त्वचा है।

क्यों उठाते हो मुझे ? पड़ा रहने दो कुछ देर और। कि उठूँ तो धूल में मेरा अक्स रह जाए।

ओम बाबू को बरसों पड़ा रहने दिया, मुझे कुछ क्षण भी नहीं ?

जा जा, उनकी तरह मचलनेवाली नहीं। आँख से दिखता नहीं, पैर से चला जाता नहीं, पर 'लौकी' की उखड़ी साँसें यही भीख माँग रही हैं कि जीते रहने दो। उन कोमाग्रस्त साँसों की माँग यह नहीं कि उठा दो मुझे, दौड़ने दो छत पर, तैरने दो वहाँ की हवा में। कहती हैं बस साँस चलने दो—एक आने दो, एक जाने दो, काहिली का मेरा जीवन रहे बस, मैं जानूँ न जानूँ पर जीता रहूँ बस !

"ललना," बहनजी का उत्कट स्वर—"कहीं ये जा तो नहीं रहे ?"

हड़कम्प साँसें खड़-खड़ हड़-हड़ विचलित—मैं जा तो नहीं रहा ? कुछ करो। रोको।

बहनजी का हलबलाया चेहरा।

ओम बाबू आर्टिफ़िशल रेस्पीरेटर में। लौकी की मिठास गई, तरलता गई, दूधिया हरा गया, पर सूखकर पट से फट न पड़े ! क्या कहते हैं—ग्रीन हाउस में सुरक्षित रख लो !

और मेरे खरगोश श्वेत से काले हो रहे हैं, मैले-थैले हो रहे हैं।

"जाने दो इन्हें।" डॉक्टर ने कहा था।

बहनजी की आँखें मुझे ढूँढ़ती।

हाँ हाँ ललना ही गई थी अन्दर उस बेहोशी की दवा से महकते अस्पताल के कमरे में जहाँ ओम बाबू साँसों की गिनती कर रहे थे—एक दो तीन...। डॉक्टर के साथ। खींच दो नली। कर दो जीवन से डिसकनेक्ट।

अन्दर गई तो थे, लोग बोले, निकली तो नहीं थे !

कुहू कूक। कोयल कूकी।

कोयल ? इस मौसम में ?

मैं अपने आप से कहती हूँ—"मेरे ज़माने में तो बरसात में कूकती थी और पत्तों में छिपी रहती।"

उसके बाद देर तक हमारे बीच ख़ामोशी।

हम सीढ़ियाँ उतर रहे हैं जो पौर के पास से आँगन में उतारेंगी।

आँगन में पहुँचकर मैं बिटवा का हाथ अलग झटक देती हूँ।

"कूकती नहीं, कूकता," वह अचानक कहता है। और आगे भी कहता है ! "पत्ते रहे कहाँ कि छिपे, अब साफ़ दिखाई पड़ता है।"

"कोयल ? दिखाई पड़ती है ? मैंने तो कभी नहीं देखी। सुनी है बोली बस। काली होती है पता है।"

बिस्तर में लपेट-लिपाटकर हुलसते मन से बैठी हूँ।

"काला होता है।" बिटवा कहता है। "आँखें लाल शराबी ग़ुस्सैल। चोंच काही।"

पहले बोला था कूकती नहीं कूकता है। तो कोयल नहीं कोयला है !

पर मैं कहती नहीं, ज़्यादा तानने से डोर टूटती सुनी है !

पर मैं तान देती हूँ ! "पर दिखती है ? अचरज !"

"दिखता है। काला है। मादा भी दिखती है। पर काली नहीं है। भूरी है सफ़ेद धारी चित्ते कुछ पूरे में पैटर्न बनाते।"

अब के बोली, "तो दौड़ा देना मुझे। देखूँगी पास सामने डाल पर बैठी कोयलिया।"

दिखाए-विखाएगा नहीं, मैं जानती हूँ यह बिटवा, जो टीवी चलाकर पीठ किए बैठा है। मेरे बुख़ार के जाने के साथ उसका 'बुख़ार' लौट आएगा। और फिर से वह मुझे घृणा से देखेगा। मानेगा कि मैंने उसका स्वप्न भंग किया है, उसकी हँसी में खँसी डाली है। जैसे मैं न होती तो भी वह तो होता ही और

तब वह रोबदार वंश-वृक्ष वाला, जन्म संस्कार वाला होता !

घुमड़ घुमड़ कुछ बोल मेरे भीतर उठ रहे हैं।

होंठों से नहीं क्या आँखों में प्रकट हो रहे हैं जो डरकर वह देखता है और जल्दी-जल्दी कुछ कहने लगता है–"एल नीनो...एम नीना...प्रकृति की घड़ी गड़बड़ा गई है...बेमौसम बरसात...जाड़ों में गर्मी...गर्मी में ठंडक खोयी पड़ी... मौसम बिगड़े तो कोयल का दिमाग़ बिगड़ गया...कब कूके कब चुप रहे...।"

"हैं ऽ ऽ ऽ !" मैं खिड़की के बाहर झाँकती हूँ। मेरे हाथ जितनी दूर नीम की डाल है। उस पर कोयल आती है ?

मैं बिस्तर में ही अपना हाथ उठाती हूँ। कलाई से कोहनी की तरफ फैल जाता है ढिलाया माँस। जवान ढाल कहाँ हो गई लुप्त ? ऐ छी छी !

बिटवा की आवाज़ आती है–"बाज़ार से कुछ चाहिए क्या ?"

आँखें बन्द करके सोच रही हूँ।

"नाहीं। कुछ नाहीं।"

"फिर भी।"

"तुम हमारी चूड़ी तो ला ही रहे हो।"

"कौन-सी ?"

"काहे ? भूल गए। वह नाप की, टीवी पर रख तो दिया था।"

"रंग ?"

"वह जो साड़ी लाया था उसकी मैच की। रखी तो है साड़ी भी वहाँ।"

"हाँ।"

"अब साड़ी मत लाइयो। लेटे-लेटे घुचड़-मुचड़ जाती है। एक मैक्सी ले आओ।"

"कॉटन-टेरीकॉट ?"

"जाड़ा आ रहा है, कॉटन क्या करेगा ?"

वह दरवाजे पर रुक गया है। गला खँखार।

"छत पर मत जाना।"

ओ हो हो हो !

"शॉल ओढ़ना उठो तो।"

हा हा हा ! तौलिया नहीं ?

अबके मैं रोकती हूँ।

"सुनो।"

"जी।"

"एक जुवैलरी चली है सोने का पानी चढ़ी। असली तो लॉकर में है। यह असली लगती है। ले आना बिटवा।"

उसके मुँह पर उसे 'बिटवा' कबसे नहीं कहा ?

जब से एक लाइन में लेबरनम हाउस की औरतें चली आई थीं शिक़ायत करने।

उस दिन छत पर नहीं जाया जा सकता था क्योंकि लेबरनम हाउस की औरतों के काफ़िले—मोटी-पतली-लम्बी-नाटी-सीधी-टेढ़ी-बच्ची-काकी—छत के रास्ते ज़ीने से उतरते ही रहे। इस घर के आँगन में। एक बार तो भ्रम हो जाए कि खुद मेरी छत टूट रही है और उसकी मेहराबें, जालियाँ, छज्जे हैं जो स्त्री-रूप धारण करके चले आ रहे हैं ! मुझे छलने कि फिर छत भी न रहे मेरे जाने के लिए !

और घेर ले रहे हैं बहनजी को जो उनके घेरे में आ जाने पर हर बार की तरह मरने लगती है, मरती जाती है, उनके मार्फ़त पुनः स्थापित अपनी मूरत को तोड़ती नहीं, बस मूरत खोखली करती जाती है।

बखेड़ा इस बात का कि मैं प्रेमानन्द ताऊ का घर ख़रीदने की चाह कर बैठी ! एजेंट को एक क़िस्त दे भी आई।

एजेंट किसी सुसंस्कारी पड़ोसन का सुनामयुक्त, सम्माननीय सुपुत्र था ! अनिष्ट की तैयारी कर गया यह बेटा ! ऐसा सौदा कभी फ़ायदेमन्द न होगा। क्रय-विक्रय में भी पाप-पुण्य की भागीदारी है। ऐसी औरत मकान मालकिन बने, निर्लज्जता देखो कि उसी घर की, और हम हैं कि कभी कुछ न कहें ?

बहनजी दयालु हो पर पात्र ऐसा तो रहे कि दया की छत्रछाया में रहे ! हममें-उसमें कोई फ़र्क रहेगा कि कुछ भी नहीं ?

सबके अमन-चैन के लिए ज़रूरी था कि ललना हर हाल में उनसे अलग दिखे। उनकी बनाई कसौटी पर खरी उतरने का दुस्साहस न दिखाए। ऐसा करने दिया तो एक दिन लोग भूल जाएँगे वह क्या थी ? कहाँ अन्त होगा ? लेबरनम हाउस ही न ढह जाएगा ?

औरतों को पता चल गया था कि बिटवा ने वलवला के पूछा था—

"इसका जवाब दो कि इतना सारा पैसा इसे मिल कहाँ से ?"

दोस्तें ऐसा भी करती हैं कि चुप रह जाएँ।

"बहनजी बताओ न," कहते ही मैं जान गई थी दोस्ती का यह एक और राज़।

पटर-पटर, औरतों के मुँह पटर-पटर चले। कि दिखे भले न पर असर तो फैलता है। नंगे पैर चलती है तो बेटे बहकते हैं। बाहर के लौंडे-लपाड़े छत पर आने लगे हैं। और लड़कियों की ज़िद है कि वैसा ही, बिना बाँह का ब्लाउज़ पहनना है।

ऐसी औरतें तो होती ही हैं पर वह सही-ग़लत का सबक बनके ही रह पानी चाहिए !

मैं भीतर कमरे में चली गई थी कि कोई न देखे, बहनजी भी नहीं, मुझे अपनी ज़लालत देखते हुए।

मैं अन्दर इसलिए भी चली गई थी कि बहनजी ने खुद मेरा निर्णय—उस घर को पाकर उसका भीतर तक कायापलट करने का—अस्वीकार कर लिया था क्योंकि मेरे इस स्वप्न में वह कहीं नहीं थी और उसकी राय भी नहीं और जैसे कभी उन्हें अस्वीकार करके उसने मुझे दुनिया-भर की हिम्मत दे दी थी वैसे ही आज मुझे अस्वीकार करके उसने लेबरनम हाउस वालों को बेइन्तहा हिम्मत दे दी थी।

कि वे इस तरह देखें मुझे कि नज़रें मुझे ही गिरानी पड़ें। वरना क्या ढिठाई में सिर और ऊँचा उठाती जाऊँ कि गर्दन टहनी की तरह चटक जाए और झूल जाए शीश ओम बाबू की तरह ?

बहनजी जानती थी। मगर न बिटवा, न बाकी। कि अब मैं नहीं रुकूँगी। हो सकता है उसने शिकायत की अर्ज़ियाँ सुनी ही न हों ? चुप मुझे देखती रही हो अन्दर कमरे में चुप बैठी ? जानती रही हो अब हम बिछड़ने वाले हैं।

उस रात खाना खाने में कोई मज़ा नहीं आया।

उस रात कितने बरसों बाद हम फिर चुपके से छत पर मिलीं।

ज़ीना चढ़ते हुए मैं हर सीढ़ी पर रुक जाती जैसे सच ही वह मेरी छत के टुकड़े थे जो इस रास्ते उतर के आए थे मेरे खिलाफ़ गवाही देने और उनके धक्कों का ज़ोर अभी भी हवा में अटकाव बना हर सीढ़ी पर विराजमान है ! साबुत छत मिलेगी ऊपर अब ?

रात की निवृत्तियों के बाद बहनजी के निकलने की बारी थी। बिटवा ने बत्ती गुल की होगी और आँगन के कोने में रात-भर बुझा बुझा-सा जलनेवाले बल्ब के नीचे से वह ज़ीने की तरफ बढ़ी होगी।

इसी ज़ीने पर।

शायद उसके दबे पाँव को अवरोध का आभास मिल गया हो ?

अँधेरे में देखो वैसे ही आई जैसे सामने से आती हवा की छहियाँ।

मैं छत के किसी और हिस्से पर बैठी थी पर लो, अभी यहीं रुक जाती हूँ। और आओ छहियाँ, तुम भी यहीं।

यहाँ हम कभी नहीं बैठे। यह किसके घर के ऊपर आ गई ? बल्लियाँ खड़ी करके उस पर टीन डालकर सायबान किसने यहाँ बनाया है ? उस पर चढ़ी बोगनविलिया।

क्या ख़ूब ! हम इसे बैगनबेलिया कहते हैं। देखो इसे, बड़े से चटके हुए बाथटब में उगाई गई है ! जैसे कोई ऐतराज़ नहीं, जहाँ डालो वहीं कल्ले फूटेंगे !

ऐं यहाँ तो वॉशबेसिन फिंका पड़ा है ! और कमोड ! बाथरूम के टूटे-फूटे

चीनी-मिट्टी के असबाब !

तब कहाँ बैठे थे ? चलो आज इस टूटे कमोड पर बैठ जाऊँ। गुलाबी फूल झर रहे हैं। नीचे भी पाँखुरियाँ बिखरी हैं।

जाड़ों की शुरुआती हवा। ऊपर-नीचे सब जगह सुगबुगाहट शुरू हो गई है।

लो दूसरे कमोड पर तुम बैठ जाओ बहनजी।

जाड़ों के अँधेरे में लहरते दो साए, अँधेरे से उजाले रंग के, पर, उजाले से अँधेरे, हवा कि लड़कियाँ ?

जो आ गई थीं एक दूसरे को कोंचने, पुरानी चोटें खरोंचने, दुख में कि जुदाई की घड़ी है यह, चिढ़ में कि सखी को वह मिलेगा जिससे मैं वंचित हो जाऊँगी !

कोई इतना साथ तो नहीं होता न कि उनके जीवन विलग न रहें ?

हम रोए क्या ? वह विलाप जिसमें हम कब से एक-दूसरे के लिए सुख डालते आए थे ?

पर अगर हम हँसे तो झट दूसरे को रुलाने लगे कि हमसे अलग तुम हँसी क्यों ?

बैगनबेलिया की पत्तियाँ हम पर बरसती रहीं।

बहनजी की वही पुरानी जलन्तू अदा, यह देख कि ललना एक और छलाँग लगानेवाली है ! यह छत बाय बाय टाटा, नया अब व्योम !

"कितना बुरा लगा होगा तुम्हें, बिटवा ने दुत्कार दिया ?"

निर्मोही, मुझे जला के सुख लूट रही है !

"यही नसीब क्या ले के आई हो ? कि सब अपने लतियाते हैं।"

अरे, मैं सब भूल चुकी थी, यह चुन-चुन के याद करा रही है कि ललना तुम बार-बार ठुकराई गईं !

"तुम तो फँसी ही रह गईं। बिटवा को यहाँ छोड़ मेरे संग निकल नहीं पाओगी।" यह चलाई मैंने दोहरी धार—हमदर्दी और मार !

आमने-सामने बैठकर दोहराते रहे हम भूले अतीत, उघाड़ के दिखलाते रहे दूसरे के तन पर पड़े पुराने चोटों के निशान, एकदम पास हम आ गए हैं, एक-दूसरे के सब दुख हम जानते हैं और जानते हैं दूसरी जानती है हमारे दुख और जानती है हम जानते हैं वह जानती है और डरते हैं प्रतिद्वन्द्वियों की तरह

कहीं वह हमसे आगे न निकल जाए, हमें पीछे न छोड़ दे और डरते हैं कि जब एक यहाँ दूसरी वहाँ एक दूजे की गिद्ध नज़र और छत्रछाया से अलग तो क्या करेंगी एक दूसरे के पड़े रह गए अधूरे मंसूबों की टोकरी को, कितनी-कितनी जुगुप्सा से उसके परखचे उड़ाएँगी ?

उस रात ढेरों शक करती और भर-भर लाड़ करती हम बैठी थीं।

आज फिर हम यहाँ आ बैठी हैं और हमारे कमोड मानो सी-सौ के दो सिरे हैं—बहनजी उठती है आकाश में और उसके बराबर आ जाने मैं लात लगाती हूँ हवा को और उठ जाती हूँ उससे ऊपर उसे नीचे गिराते हुए...

दो कमोड...दोस्ती का हवाई सी-सौ...एकदम क़रीब...हाथ एक दूसरे की ओर बढ़ातीं...नहीं छू पातीं...नहीं छू पाएँगी...मृत आत्माएँ आँखों से झाँकेंगी...

जब बीमारी चुक जाती है तो लोग दोबारा अपने चुप अतल में लौट जाते हैं मानो इन्हीं खामोशियों को स्वस्थ कहते हैं ! मानो जो बोलना पड़ा था वह बुख़ार का अनिवार्य हिस्सा था—आया, गया !

सुबह चाय का थरमस उसके पलँग के पास रखने गई तो मुँदी पलकों को झपकने से नहीं रोक पा रहा था और ऐसा शरमाया-शरमाया लग रहा था कि उसका मन कोसता हो, इससे बोलने लगा तू, जिसकी वजह से दुख और बदनामी का पिशाच तेरे सिर पर नाचता रहता है और न जाने कब हठ में सामने आ जाए ?

कोयल रोज़ कूक रही है। मौसम कहीं एक जगह ठहर तो नहीं गया ? या आगे बढ़ा है ? या पीछे चला गया ?

हवा में लगता है कुछ दिखाई देगा तिरमिर तिरमिर झलमलाता, पर नहीं, वह भी गायब है। हल्की-सी ठंडक, दीवाली की सूचक, जो बूझ सके उसके गाल को छू रही है।

मैं मेज़ पर बैठकर अपने नाश्ते-पानी का इन्तज़ाम कर रही हूँ। रात के मटर के पराँठे गर्म कर लाई हूँ। बासी पराँठों का कहना ही क्या ! ताज़े बिलोये मक्खन के साथ खाऊँगी।

बिटवा मेरे उठ जाने पर खाएगा। मक्खन मलाई की वक़त वह बन्दर क्या जाने, उसकी सीमा अचार है !

हम फिर अलग-अलग खाएँगे !

पुराने प्रभुत्व के खेमे फिर गड़ गए जानो !

क्यों बिटवा जीवन आगे बढ़ रहा है या वहीं अटक गया है या पीछे जा रहा है, बता सकेगा ?

एक खुट्टा पराँठा, उस पर बड़ा-सा गोला मक्खन। जैसे पनवाड़ी पान

लगाए वैसे मैं मुँह के लिए लुकमे बनाऊँ। उठाऊँ गर्म गर्म, उई उई, इस हाथ से उस हाथ में फुदकाऊँ, फू फू जिह्वा को तैयार करूँ, अय हय मुँह में पानी को आने दूँ, आने दूँ, इधर मक्खन पिघले, उधर लार भरे, नो जल्दीबाजी मैडमजी, खिचड़ी सूप से छुटकारा पाया है, अब आए हैं दिन फिर से कि बूँद-बूँद स्वादिष्ट, जिह्वा पर योगी की समाधि-सा रच लो, घुलने दो मुँह में, फिसलने दो गले में, फैलने दो पिघलन रगों में !

ऐ धुत, गचका !

निगोड़ी कोयलिया जो कूक पड़ी, आधा लुकमा धचका खा गया !

कोयल न खुद दिखेगी, न बिटवा दिखाएगा !

एक घाव है कहीं भीतर, मुझे पता है। ज़रा भी मज़े का मज़ा लेने में कोताही करूँगी तो यों जबड़े फाड़ कुदक्का लगाएगा अपना वह चीरा !

अरे क्या करूँगी अपने दुख को—चाट के मुँह का स्वाद बिगाड़ूँ ?

रहने दो मखनी पराँठों के देस में !

बिटवा नहाकर निकल आया होगा। गीले बालों से साबुन की महक उड़ के बता रही है। भीगा तौलिया कुर्सी पर लापरवाही से डाल देगा। यहाँ आए तो जाऊँ उसके कमरे में, उठा के मुझे ही तो धूप में डालना होगा। कुर्सी की लकड़ी के उड़े रंग की महक भी उसे नहीं चेताती।

वह तैयार है। और मैं भी ! पूर्व निश्चित रय हमारी—मैं उधर चल दूँ, वह इधर आ जाए ! अलग होने के लिए भी संगत करनी पड़ती है !

उठी।

दरवाज़ा खड़का है। घंटी भी बजी है।

मैं तौलिया लिए मुड़ती हूँ तब तक महरी दरवाज़ा खोल देती है।

झोला, गंजी खोपड़ी, चमरौंधा जूता, धोती...ए दुर, यह तो वह चिपकू है !

जो बहनजी के पास पहुँच लेता अपनी गौशाला को स्कूल बताकर ढेरों चन्दा लेने !

क्या माथा मेरा ठनका कि किसी मिलिटरी विलिटरी जवान की फुर्ती से ! अबाउट टर्न, तौलिया फेंक दाएँ बाएँ दाएँ बाएँ बढ़।

बिटवा नाश्ता करने बैठ चुका है और पराँठा हाथ में लेकर अपनी प्लेट पर डालने ही वाला है।

मैं पराँठा उससे झपट लेती हूँ और जल्दी से कटोरदान में वापस पटक

ढक्कन ठोंक देती हूँ।

"बैठने मत देना और एक शब्द मत बोलना लस्सू है जाएगा नहीं सारे पराँठे खा जाएगा झोले में कच्चा-पक्का माँग-माँग के ठूँसेगा त्योहार है कह के रुपया ऐंठेगा"—एक साँस में बिटवा को डाँटकर उसके पास की कुर्सी खींचकर बैठ गई हूँ।

महरी उस घासलेटी आदमी को लेकर आती है तो हम दो ऐसे बैठे हैं कि हमारे यहाँ बन्द बर्तनों को बीच में रखकर निठल्ले बैठना बड़ी व्यस्तता का पल है ! चोरों-सी छिपी कॉफ़ी की महक उठ रही है।

"आप ?" मैं अति शिष्ट हूँ।

"आपकी चाची जी ?" वह दाँत इस कान से उस कान तक निकाले बिटवा से पूछता है तो मैं मेज़ के नीचे दुलत्ती लगाती हूँ। बिटवा बोलेगा तो गुड़-गोबर। बस मैं बोलूँगी। मुझसे क्या बात करेगा, मैं अदृश्य ठहरी !

"नहीं रही।" मैं कहती हूँ।

उसके जबड़ों पर अटकी हँसी झूल जाती है। देखना पड़ता है मेरी तरफ क्योंकि ऐसे पल में आँख से बेहतर सुनाई पड़ता है !

"मर गईं।" मैं और चुस्त कहती हूँ।

सन्नाटा।

"हैं ?" मुझसे पूछना पड़ता है !

"डैड। चार महीने।" अब क्या आँख चढ़ा के गिर के दिखाऊँ ?

चुप।

सोचता होगा, क्या युक्ति अब लगाऊँ ?

चुप।

खाली हाथ लौट जाऊँ ? चिन्तित होगा।

चुप।

बिटवा कम से कम चाय को तो पूछेगा, फिर आगे...मैं पढ़ पा रही हूँ उसके मन की !

इन्तज़ार।

यह भी कोई खेल बन गया है जो बिटवा और मैं मुँह को डब्बों की तरह कस के बन्द कर बैठे हैं और खिलाड़ी की तरह चौकन्ने हैं।

इन्तज़ार। क्या ख़ाली हाथ लौटना पड़ेगा ?

चुप।

इन्तज़ार बेकार ! कोई कुछ कह ही नहीं रहा। बेशरम को भी बेशरमी के लिए तिनका मिले तब न पकड़ के बैठा जाए !

कोयल कूकती है।

कभी नहीं दिखेगी !

वे उठ जाते हैं और हम ऐसे मुड़ते हैं जैसे वे अदृश्य थे अभी दिखे !

"चलता हूँ।" हतप्रभ हैं। "मुझे तो पता ही नहीं था।"

हम अभी भी पत्थर के बुत। बनते-बनते भी बात बिगड़ सकती है !

महरी दरवाज़ा खोलती है।

वह दरवाज़े पर हैं, पीठ हमारी तरफ, हमारी साँस एक अन्तहीन राहत की साँस बनकर निकलने को साँस-द्वार पर खड़ी है। दरवाज़ा बन्द नहीं हुआ और वह फूट पड़ती है ! हँसी का फ़व्वारा बनकर !

एक पल उनकी चौंकी आँखें हमारे अवश छूटते ठहाके को मुड़कर देखती हैं, फिर दरवाज़ा उन्हें पूरा लील जाता है।

III

चौंक कर वे मुड़े। दोनों हँस रहे थे ! ग़मी के घर का यह मंज़र देख वे धक से हो गए। हड़बड़ा के उन्होंने दरवाज़ा बन्द किया मानो किसी अपशगुन से छुटकारा पाना हो पर गंगा-नहान से लौटते पवित्र पंडित पर छपाक पड़े कीचड़ के छींटों की तरह वह ठहाका उन्हें भ्रष्ट करता लगा।

छपाक ठहाका !

जिसके लीर-लीर टुकड़े उन्होंने मोहल्ले-भर में फैलाए। ग़ज़ब ही है लोगों ने सोचा, किसी के मरने पर हँसा जाता है क्या ? अहसान-फ़रामोशी ही नहीं, कुछ और भी।

ठहाके का नतीजा यह भी हुआ कि बरसों से जिस घर में लोगों की दिलचस्पी उकता चुकी थी फिर से जाग उठी। ठहाके के इंजेक्शन ने कोमा में पड़ी कहानी को जिला दिया।

पुरानी कहानी, नई लपेट ! नई पीढ़ी ने नए रस से सुनी। उम्र के लिहाज़ से परे पैटन टैंक-सी मज़बूत औरत जो आई है वहाँ, इतनी ही अचानक बरसों पहले दो मोटी चोटियों के बीच लाल सेब-सा चेहरा झुलाती कमसिन लड़की के भेस में आई थी। तब से दिखाई पड़ जाती है दिन में और रात में छत पर। न घर की न घाट की बस छत की।

न घर की न घाट की, नए बच्चों ने दोहराया, बस छत की।

पहले रहते कौन थे उस घर में मगर ? कहाँ से आए ? नए लोगों ने पूछा।

आए ? कहीं-न-कहीं से आते रहते हैं लोग। आ जाते हैं, अपना जमावड़ा बना जाते हैं, पहले वालों को और ठहरे वालों को खदेड़ जाते हैं।

हाय राम ! उस युवक को लेकर कोई मसला पक रहा है क्या ? चुप-चुप उसके आगे-पीछे दिख पड़ता है, चुप-चुप उसे देखता दिख पड़ता है, हलाल होने को पले बकरे की तरह, नहीं ? कौन है ? भतीजा ?

छोड़ो उसे, बुज़ुर्गवार वात्सल्य से भतीजे को बचा गए। लेबरनम हाउस का पुराना दस्तूर निभाते कि हमने ठान लिया कि छोड़ना है तो छोड़ना पड़ेगा। वे न चाहें और तुम बोले तो नादान तुम्हारी ज़बान तुम्हारी ही हथेली को थमा देंगे काट के ! भतीजा लेबरनम हाउस का है। बस।

उसकी कहानी छोड़ो।

कौन-सी कहानी ?

कहा न छोड़ो।

है तो उसी घर का ?

देखते नहीं ? उसकी चच्चो, उसके चाचा, पूरी वसीयत उसके नाम कर गए।

और दो चोटियाँ जो पैटन टैंक बन गईं वह क्या उसकी ?

वह नहीं उस घर की। देखते नहीं ?

देखते हैं, हाँ, हाँ देखा था। छत पर जाकर बैठ जाती है।

क्या करती है ?

साड़ी हटा के, ब्लाउज़ उठाके, पीठ मुँडेर से सटाके खुज-खुज खुजलाती है।

समझ लो इसी से, कैसे हो सकती है उस घर की ?

सुना है मगर कि पैसेवाली है, नवयुवकों में दुस्साहस की मचल शुरू।

जिसे देखकर जिनसे पूछा उनके दिल भी धड़कने लगे। बच्चों की मासूम जिज्ञासा रश्क में बदल गई तो उनके कच्चे दिमागों पर क्या असर होगा ?

जाने कैसा पैसा होगा ? अगर है। गन्दगी से पनपा।

मगर, जिनकी जुबान खुल गई है कुछ देर तो चलेगी ही, जो चली गई है वह तो इसकी सखी-सहेली थी न ?

सखी-सहेली ? मतलब ? जिनका मन सुशील वह किससे प्यार से नहीं बोलते ?

जो भी हो, नसीब वाली है !

नसीब वाली ? कहानी के मोड़ परेशान करने लगे !

न जाने कहाँ से आई थी, देखिए कहाँ की हो गई !

कहीं की नहीं हुई ऐसे लोग कहीं के नहीं होते मारे-मारे फिरते हैं।

बुजुर्ग बच्चों के लिए डर गए। ऐसा नसीब लुभाने लगा उन्हें तो फिर ?

गन्दुम में घुन के नसीब को न सराहने लग जाएँगे ?

ऐसे लोग होते हैं पर वह कहीं के नहीं रह पाते। यहाँ रह पाई ? यहाँ रह पाएगी ? आँखों देखा भी धोखा है। उसके आराम को आराम मत जानो। उसके नसीब को नसीब मत मानो। ऐसे लोग भटकते हैं और भटकाते हैं। मारे-मारे फिरते हैं।

न घर की न घाट की बस छत की।

उसकी हँसी सुन लो सब समझ जाओगे।

ऐसे लोगों की हँसी सुनी है ?

सुनी है। उन आगन्तुक सज्जन ने। जो गए थे बेचारी चली गई से मिलने, इस बात से अनजान कि वह चली गई। वहाँ यह औरत और सियापा नहीं किसी और तरह का घर।

ढेर सारी सोने की चूड़ियाँ पहनती है।

कोहनी तक।

ग़मी में भी।

चेहरे पर हल्दी-चन्दन का लेप लगाती है।

ग़मी में भी।

बालों में मेहँदी लगाती है।

ग़मी में भी और खोल देती है।

और हँसती है।

ग़मी में भी।

दीवाली के पहले का पखवाड़ा और ऐसी बातें चल रही थीं। छत पर खासतौर से धूल उड़ रही थी ज़ोरों की गहमह से। कुछ घरों में अभी भी पुताई पूरी नहीं हो पाई थी और नुकीले खूँटे, खुरपी जैसे औज़ारों से पुराना पलस्तर, सीमेन्ट, चूना शुक्ल पक्ष में सफ़ेद धूल बनकर उड़ रहा था। मज़दूर, सीढ़ियाँ, रस्सी, गीली पुताई की बाल्टियाँ, छत से अभी हटे नहीं थे पर उनके बीच नदी की तरह सरराती रंगीन बल्ब की लड़ियाँ बढ़ने लगी थीं अपने इरादे में अटल कि अमावस्या की रात को दीपावली से जगमग कर देंगे !

ललना को लोगों ने देखा, हाथ पीछे बाँधे इधर से उधर दीवाली की

तैयारियों के बीच बनारसी ज़री की किनारी की साड़ी में घूमते। इस तरह कि मुआइना करती हो कहाँ बिजली की बत्तियाँ होंगी, कहाँ मोमबत्तियाँ, कहाँ तेल के महकते दीये; मानो उसके मन में आसीन होने लगे हैं लक्ष्मी-गणेश और जमा हो रही हैं खील-बताशे की ढेरियाँ और जलनेवाले हैं अनार-चर्खियाँ-फुलझड़ियाँ !

मानो शोक की ख़बर से बेख़बर ! वह चलते-चलते रुक जाती और चप्पल उतार के नंगे तलुवे से छत को ऐसे सहलाती कि अपनी बिल्ली के गले को गुदगुद मल रही है ! इस कदर मान और इत्मीनान से कि जैसे उस घर में हुई मौत कोई ख़ूबसूरत समापन था जिसमें जीवन के सारे सोज़ परिपूर्ण हो गए और इसी की खुशी मनाने का दिन देखो आन पहुँचा है !

जब धनतेरस के दिन उधर अजीब भारी-भारी लक्कड़ लोहे की आवाजें आईं छत की नहलाई के दौरान तब तो लोगों को यकीन हो गया कि प्रलयंकारी पल से कम नहीं है यह। लोहा-लकड़ी धम्म-पटक कहाँ, नौकरों, औरतों के हाथ ठिठके और बच्चों के पैर रुक गए और आदमियों के कानों पर जूँ रेंग गई।

भारी-भारी सामान गिराया-खिसकाया जा रहा है। किधर ?

उधर।

वहाँ ?

हाँ।

छत पर भीड़ उमड़ पड़ी जहाँ से उस घर का आँगन नज़र आता है।

जैसे मंच है जिसे सब देख रहे हैं जिसके बीचोंबीच ललना रिंग मास्टर की ठव में खड़ी है। और नेपथ्य में कमरे हैं जहाँ पुराने ड्रामा के सेट और पात्र और मौतें पड़ी हैं।

जैसे उनकी एंट्री का टाइम है उस अन्दाज़ में मंच को घेरे नेपथ्य के कमरों में से बड़े-बड़े, बीते फ़र्नीचर, नाटक के अलग-अलग अदाकार बन निकलने लगे हैं।

वह रहा कोमावाला लोहे का पलँग, खड़ा चला आ रहा है, कोमा को झुठलाता—नीचे दो नंगे पैर, अगल-बगल दो हथेलियाँ।

पुराना आलीशान तख़्त भी दो पैर हवा में मारता, दो पर भार सँभाले,

चला आ रहा है, अकड़ से बढ़ता, जिस पर लेटना हो तो ईसा की तरह टँगना पड़ेगा।

बाथरूम का कपड़े टाँगने का डंडोंवाला रैक और बड़े कमरे से लकड़ी का स्टैंड जिस पर कोमावाले का छाता, बरसाती, हैट टँगते थे, अगल-बगल दोस्तानेपन में चले आ रहे हैं अपने बीच एक पतली टाँगों वाले मज़दूर को घसीटते। मज़दूर का मुँह यों बन गया है कि कोमावाले की महक लकड़ी में बाकी है।

आरामकुर्सी घोड़ी बन गई है और मज़दूर को ताँगे की तरह मंच पर खींचती ला रही है।

वह लोहे का मोटा बक्सा। मुँह खोले तो सफ़ेद गोलियों की गोद से रज़ाई और कम्बल झाँकेंगे।

और वह लोहे की अल्मारी, औंधी आ रही है, ऐसे चीखती जैसे चौथा पैर चोट खा के हवा में उठ गया है और तीन पैरों पर लँगड़ाना पड़ रहा है। गोटे का कोई तार उस पर ज़रूर लिपटा रह गया होगा। ज़री की धातुई महक अन्दर ज़रूर भभकेगी।

नाटक के यह सारे पात्र ललना के इर्द-गिर्द भक्तों की अनेक मुद्राओं में जमा हैं।

क्या कहीं कोई निर्देशक का इशारा हुआ है जो एक और असबाब कमरे से निकल कर बरामदे में खड़ा हो गया है, मंच और नेपथ्य को जोड़ती कड़ी बना ? भतीजा ! देखता हुआ उजबक नज़रों से ललना को कि जैसे उसे रोक सकता तो रोक देता पर नहीं रोक सकता तो कोशिश की ज़हमत छोड़ दे रहा है। शान्त खड़ा है।

ऐक्शन ! ललना झाड़ू उठा के मंच पर जमा लकड़ी-लोहे के अदाकारों को पीटने लगती है, बेरहमी से, जैसे किसी का कान उमेठती, किसी की बाँह उखाड़ती ! फटक-फटक भूत उतारती क्या ? धूल के ग़ुबार उड़ाती।

आँगन मंच है तो ललना उसके बीचोंबीच ओझा बनी हुई है। उसकी झटक-फटक पर धुएँ जैसी धूल उठती है तो भतीजा बेजान खड़ा चमक उठता है।

ऐक्शन !

और लगता है दौड़ने, मंच के चारों ओर बने कमरों के सब दरवाज़े-खिड़कियों को एक के बाद एक खोलते हुए जैसे नेपथ्य और मंच के बीच की

दूरी यों पाट सकेगा।

खिड़कियों के खोलने से हवा भी झटकती-फटकती मंच पर उड़ आई है। हवा आ गई है, धुँआ फैल रहा है, धूल उठ रही है। शोर बढ़ रहा है।

बीच आँगन में तमाम घर के फर्नीचर से घिरी ललना खड़ी है।

मौत के घर का सारा असबाब एक के ऊपर एक, अलग-थलग जोड़-जमा में, कहीं औंधा पड़ा, कहीं चित्त, एकत्र हो गया था और उसके बीच यों खड़ी थी वह औरत कि जाने किसी की अर्थी फूँकनेवाली है या खुद अपनी अर्थी जलानेवाली है।

●●●